KB115280

변혁
1990

8

천지무천 장편소설

FUSION FANTASTIC STORY

변혁 1990 8권

천지무천 장편 소설

초판 1쇄 찍은 날 § 2014년 12월 19일
초판 1쇄 펴낸 날 § 2014년 12월 26일

지은이 § 천지무천
펴낸이 § 서경석

편집부장 § 권태완
편집책임 § 박은정

펴낸곳 § 도서출판 청어람
등록번호 § 제1081-1-89호
등록일자 § 1999. 5. 31
어람번호 § 제1-2009호

주소 § 경기도 부천시 원미구 심곡2동 163-2 서경B/D 3F (우) 420-822
전화 § 032-656-4452 팩스 § 032-656-4453
http://www.chungeoram.com
E-mail § chungeorambook@daum.net

변혁 1990

천지무천 장편소설

FUSION FANTASTIC STORY

8

CONTENTS

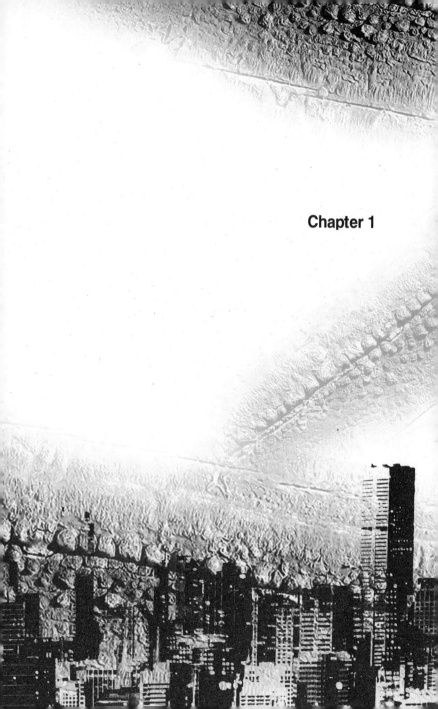

Chapter 1

식당 안은 순식간에 난장판으로 변했다.

장용성의 얼굴은 고통으로 일그러진 채 지금의 상황을
믿지 못하겠다는 표정이었다.

탕! 탕!

장용성이 뛰쳐나온 홀에서 또다시 총소리가 들렸다.

식당 안쪽에 위치한 홀에서 무슨 일이 있었는지는 모르
지만, 장용성을 그냥 두고만 볼 수 없었다.

"김 과장님, 저 사람을 우리 쪽으로 데려와야 할 것 같습
니다."

김만철은 총을 꺼내 들고서는 주변을 경계하고 있었다.

"마피아와 관련된 것 같은데 괜찮겠습니까?"

모스크바의 불문율은 마피아의 일에는 절대 끼어들지 말라는 거였다.

"제가 아는 분입니다."

"그럼 할 수 없네요. 제가 데리고 나갈 테니 이 친구들을 데리고 먼저 피신하십시오."

"괜찮겠습니까?"

"하하! 이런 일은 제 전문입니다. 걱정하지 마시고 나가 계십시오."

김만철의 표정에는 여유가 있었다.

"그럼 믿고 나가겠습니다. 자, 우리도 밖으로 나갑시다."

빅토르 최와 입사한 친구들과 함께 식당 문 쪽으로 향했다.

식사하던 곳이 식당 안쪽이라 다른 사람보다 밖으로 나가는 것이 늦었다.

아직 식당 안에는 밖으로 피신하지 못한 사람이 대다수였다.

다들 테이블 밑으로 들어가 움직이지 않고 있었다.

혹시나 눈먼 총알에 맞을까 봐 그런지 고개까지 푹 숙인 채로 엎드려 있었다.

식당 출입문에 거의 다다랐을 때 뒤를 돌아보았다.

장용성이 피신한 테이블 쪽으로 김만철이 접근하는 것이
보였다.

그때였다.

장용성이 머물던 홀 쪽에서 권총을 든 인물 셋이 나왔다.

그들은 아마도 장용성을 찾는 것 같았다.

그들 중 한 인물이 장용성 쪽으로 접근하는 김만철을 보
았다.

그는 김만철에게 거침없이 방아쇠를 당겼다.

탕탕!

김만철 또한 그를 보자마자 앞에 위치한 테이블로 몸을
날리며 총을 쏘았다.

탕!

"크윽!"

김만철에게 총을 쐈던 인물이 가슴을 움켜쥐며 뒤로 넘
어갔다.

"저놈은 어디서 튀어나온 거야? 경호원은 둘이었잖아."

"한 놈 더 있어나 보지."

탕! 탕!

갑작스러운 김만철의 출현에 나머지 두 인물이 당황한
채 총을 쏘며 뒤로 물러났다.

장용성은 총격전이 벌어지는 중간에 위치한 테이블 아래에 엎드려 있었다.

어깨에서 흘러내리는 피가 멈추지 않았다.

계속 피를 흘리다가는 과다출혈로 위험할 수 있었다.

동료가 쓰러지자 두 마피아는 식당 기둥 사이로 몸을 피신한 채 김만철에게 총을 쏘았다.

탕탕! 탕!

문제는 김만철이 몸을 날려 피신한 곳이 하필 움직이기에 제약이 많은 장소였다.

몸을 다시금 드러내면 곧장 총알 세례를 받을 수 있는 위치였다.

아무리 김만철이 날고 기는 인물이지만, 지금 상황은 그라도 위험했다.

아니나 다를까?

고개를 살짝 내미는 순간마다 김만철에게 총알이 날아들었다.

나는 그 모습에 레스토랑 문을 열고 밖으로 피신하려고 했던 마음을 돌릴 수밖에 없었다.

마피아의 시선을 돌려야 김만철은 물론 장용성 또한 구출할 수 있었다.

"후! 어쩔 수 없네."

빅토르 최와 친구들이 모두 밖으로 나간 걸 확인한 후, 나는 조심스럽게 몸을 숙인 채 마피아가 몸을 숨기고 있는 기둥으로 향했다.

그들은 연신 탄창을 교체하면서 권총을 쏘고 있었다.

다행인 점은 둘 다 김만철에 신경을 쓰느라 내가 접근하는 것을 알지 못했다.

그들과 거리가 6~7m가 되었을 때쯤, 나는 주변을 살피며 무기가 될 만한 것을 찾았다.

바닥에는 테이블에서 떨어진 나이프와 포크가 어지럽게 널려 있었다.

나는 나이프 3개를 집어 들고는 최대한 마피아 쪽으로 포복하듯 기어갔다.

거리가 4m쯤 되었을 때에 김만철이 몸을 숨긴 곳을 보았다.

김만철이 고개를 내밀 때마다 거센 총알 세례가 날아들었다.

그 또한 마피아를 향해 간간이 총을 한두 발 쏘았지만, 마피아와 달리 여분의 총알이 없는지 총알을 아끼는 모습이었다.

더구나 불리한 위치에서 빠져나와 마피아에게 반격하려면 그 혼자만의 힘으로는 불가능했다.

우선으로 그에게 내 위치를 알려야 했다. 그래야 함께 움직일 수 있었다.

어설프게 움직였다가는 나나 김만철도 위험에 빠질 수 있었다.

"후! 정말 총싸움은 싫은데."

나는 바닥에 떨어진 후추통을 들어 김만철이 있는 쪽으로 굴렸다.

또르르! 틱!

둥그런 후추통은 정확하게 김만철이 있는 곳으로 굴러가 멈췄다.

"……!"

김만철도 후추통을 발견했는지 내가 있는 쪽을 쳐다보았다.

나는 말 대신 손가락으로 오른쪽 기둥에 위치한 마피아를 가리켰다.

김만철은 나에게 무어라 말을 하려 했지만, 소리를 내면 마피아들이 나를 발견할 수 있었다.

그는 내가 하려는 행동을 알겠다며 고개를 끄떡였다.

오른편 마피아를 내가 맡으면 김만철이 왼쪽 마피아를 상대하기 수월했다.

하지만 두 명의 마피아가 번갈아가며 총을 쏘아대는 통

에 반격이 쉽지 않았었다.

"후! 실패하면 끝이다."

절로 한숨이 나왔다.

또다시 총에 맞고 싶지는 않았다.

4m의 거리면 목표물을 어렵지 않게 맞힐 수 있는 거리였다.

긴장됐는지 손바닥에 땀이 흥건하게 배어 나왔다.

김만철이 나를 향해 손가락을 하나씩 펴나갔다.

네 번째 손가락이 펴질 때에 나는 몸을 일으키며 쥐고 있던 식사용 나이프를 연달아 마피아에게 던졌다.

팅!

"윽!"

처음 던진 나이프가 기둥에 맞고 떨어졌지만 두 번째는 목표로한 마피아의 어깨에 박혔다.

나이프에 맞은 마피아는 기둥 뒤로 몸을 피했지만, 왼쪽 기둥에 있던 마피아는 나를 향해 총을 쏘기 위해 몸을 내 쪽으로 돌렸다.

그때 김만철이 몸을 옆으로 날리며 총을 쏘았다.

탕! 탕!

"헉!"

두 발의 총성이 연달아 들리는 순간, 나에게 총을 쏘려

했던 마피아의 눈동자가 크게 확대되는 것이 보였다.

믿을 수 없다는 표정을 하고 있는 그의 몸은 의지와 상관없이 앞쪽으로 허물어졌다.

쿵!

김만철의 총에 맞은 마피아가 쓰러지자 남은 마피아는 안쪽에 위치한 홀 쪽으로 몸을 피했다.

탕!

쨍그랑!

그리고 바로 총소리와 함께 유리창이 깨져서 바닥으로 떨어지는 소리가 들렸다.

아마도 창문을 통해서 밖으로 도망치려는 것 같았다.

김만철이 홀 안으로 조심스럽게 접근하는 것이 보였다.

나는 김만철을 따르지 않고 먼저 바닥에 주저앉아 피를 흘리고 있는 장용성 쪽으로 향했다.

"장용성 씨! 정신 차리세요!"

장용성은 눈에 초점이 흐려지며 의식을 잃어가고 있었다.

"누구……."

장용성은 나를 알아보지 못했다.

"나머지 한 놈은 도망갔습니다. 그리고 안쪽에 시체가 여러 구 있습니다."

마피아를 쫓아 홀 안으로 들어갔던 김만철의 말이었다.

홀 안에 쓰러진 인물들은 장용성이 고용한 경호원과 함께 출장 온 회사 관계자였다.

"후! 한국분도 있나요?"

"예, 네 명 중 두 명이 한국 사람이었습니다."

혹시 신세계백화점의 배기문 이사가 아닌가 하는 불길한 생각이 머릿속에 떠올랐다.

"잠시만 이분을 맡아주세요."

홀 안으로 들어가 직접 눈으로 확인해야 했다.

"알겠습니다."

김만철에게 장용성을 맡기고는 문제의 홀 안으로 들어갔다.

김만철의 말처럼 넓은 홀에는 한 명은 의자에 나머지 세 구의 시체는 바닥에 쓰러져 있었다.

이미 총격전 때문에 죽은 사람들을 봐서 그런지 시체에 대한 두려움은 없었다.

두 명은 러시아인이었고, 나머지 두 명은 한국인이었다.

한 명은 의자에 앉은 채 머리에 총을 맞고 목이 뒤로 젖혀져 있었다.

그리고 문제의 한 중년 인물이 바닥으로 얼굴을 향한 채 쓰러져 있었다.

꿀꺽!

나도 모르게 침을 삼키며 쓰러져 있는 중년인에게 향했다.

체격이 배기문 이사와 비슷했다.

그의 얼굴을 확인하기 위해 가까이 다가가 어깨를 밀쳤다.

"후! 아니구나."

다행히 배기문 이사가 아니었다.

삐뽀! 삐뽀!

창밖으로 요란한 사이렌 소리가 들려왔다.

아마도 신고를 받고 출동한 경찰 같았다.

시체들이 있는 홀을 나와 다시금 장용성에게 갈 때쯤 경찰들이 레스토랑 안으로 들이닥쳤다.

테이블 밑으로 피신했던 사람들이 그제야 하나둘 일어나 출구 쪽으로 향했다.

*　　　　*　　　　*

장용성은 다행히도 생명에는 큰 문제가 없었다.

문제는 두 명의 회사직원이 사망한 것이었다. 두 사람 다 장용성과 함께 소련으로 출장 온 인물들이었다.

두 사람의 문제는 신세계백화점뿐만 아니라 한국에서도

큰 이슈로 떠올랐다.

소련과의 수교로 새로운 시장 개척이라는 화두가 주어졌던 재계의 움직임에 제동을 걸 수 있는 사건이었다.

이번 일에 정부는 발 빠르게 대응했다.

주요 일간지마다 이번 사건에 대한 기사 게재를 중단하거나 간략하게 보도하도록 요청했다.

작년 말에 체결된 한소수교의 역사적인 의미가 자칫 퇴색될 수 있었다.

역사적인 한소수교에 관해 열심히 홍보하고 있는 정부의 입장도 난처했다.

더구나 대통령의 외교적 치적에도 누가 될 수 있는 사건이었다.

신세계백화점도 서둘러 이 일을 마무리 짓는 분위기였다.

그룹 후계자가 연루된 사건이 외부에서 계속 쟁점이 되면 좋을 게 없었다.

장용성은 수술을 마친 후 이틀 뒤 한국으로 귀국했다.

다행히 총알이 어깨뼈를 손상시키지 않고 관통한 상태였다.

그가 한국으로 급하게 귀국한 이유는 모스크바가 안전하지 않기 때문이었다.

장용성과 마찰이 생긴 마피아는 모스크바에서 가장 강력한 조직으로 떠오르는 솔은쩨(태양)였다.

우리나라 말로 태양인 솔은쩨는 퇴역 군인들을 끌어드리는 수법으로 세를 늘리고 있었다.

솔은쩨의 조직원들도 레스토랑에서 세 명이나 죽었기에 장용성에게 복수할 수도 있었다.

장용성이 입원한 병원을 찾았을 때에도 건장한 체격의 경호원 서너 명이 병실 입구를 지키고 있었다.

그의 생명을 구하는 데 큰 역할을 한 나와 김만철에게 고마움을 표시한 장용성은 병실에서 서류 하나를 내주었다.

장용성이 모스크바에 얻으려고 했던 건물의 계약서였다.

이미 사기를 당했다는 것을 안 장용성은 계약서가 필요 없어졌다는 말을 하며 나에게 아무 조건 없이 넘겼다.

한마디로 계약서를 가지고 내가 이득을 취하든 그러지 못하든 알아서 하라는 것이다.

문제가 있는 계약서였다.

하지만 문제를 해결할 수만 있다면 돈을 들이지 않고도 건물을 얻을 수 있었다.

계약서의 명시되어 있는 건물주의 이름은 세브첸코였다.

그가 누구인지는 모르나 아마도 마피아가 바지사장으로 내세운 인물인 것 같았다.

이미 건물의 계약금과 중도에 지급한 금액까지 미국 달러로 육백만 달러를 지급한 상태였다.

마지막으로 잔금 오백만 불만 지급하면 모든 계약이 끝나는 상태였다.

그런데 그 중간 단계에서 이상한 낌새를 알아챈 장용성은 계약에 관련된 인물과 회동한 후에 다툼이 일었고, 사망자가 나오는 총격전으로 이어진 것이다.

계약이 진행된 건물은 1년 전부터 비어 있던 건물이었다.

소비에트연방 정부에서 관리하는 건물이었지만, 서류를 살펴보자 그 주인이 모호한 상태였다.

주변에 위치한 건물 시세보다 계약된 건물의 가격이 30% 정도 저렴했다.

그 모든 사항을 고려할 때 장용성이 말을 하지 않았지만, 초기에는 저렴한 건물 가격과 좋은 위치 때문에 끌렸던 것 같다.

조건을 한 번 정도 의심을 해봐야 했지만 그러기에는 주변 여건이 쉽지 않았다.

이 건물을 롯데에서도 눈독을 들이고 있었기 때문이었다.

더구나 그룹 내 후계구도에서 유리한 위치를 확보하려는

욕심이 일을 서두르게 만들었다.

계약이 마무리되어 가는 시점에서 터져 나온 이 일로 마피아 조직인 솔은쩨도 타격을 입었다.

소련 정부의 대대적인 마피아 소탕작전으로 모스크바를 활개치고 다니던 다른 조직들도 몸을 움츠리게 되었다.

문제는 한국에서 적지 않은 경제 협력 자금과 투자 자금을 유치하는 시기에 벌어진 일이라 소비에트연방 정부도 난감하기는 마찬가지였다.

Chapter 2

　장용성이 한국으로 떠난 이후 나는 바쁜 일정을 보냈다.

　소련 현지에서 구할 수 있는 식료품들과 물품을 수송할 수 있는 교통수단을 정해야만 했다.

　도시락라면만으로 판매 매장을 채울 수 없었다.

　"도시락라면과 함께 마요네즈와 케첩은 한국에서 직접 들려와서 주력 상품으로 판매할 것입니다."

　한국에서 가져오는 품목들을 결정하는 회의였다.

　마요네즈와 케첩을 생산하는 공장을 알아본 결과, 충북 청주에 대기업에 납품을 전문적으로 하는 청일식품이라는 회사가 있었다.

생산 규모나 공장의 청결 상태가 다른 공장들보다 뛰어났다.

대기업에 납품하는 규정을 맞춘 결과였다.

현재는 무슨 일 때문인지는 모르지만 납품하던 대기업 거래처와 사이가 틀어져 공장 가동률이 40% 정도 떨어진 상태였다.

아직은 오뚜기 회사의 마요네즈와 케첩이 소련에 들어오지 않은 상황이었다.

회의에 참석한 인물들은 모두 새롭게 모스크바 지사에 입사한 빅토르 최의 친구들이었다.

다들 한국말을 잘 알아듣고 구사할 수 있었다.

"다른 상품은 현지에서 구매하시는 것입니까?"

빅토르 최가 물었다.

"처음에는 그럴 생각이었지만 지금은 생각이 바뀌었습니다. 현지 물품은 구매하지 않고 전적으로 한국에서 보내는 물건을 팔 것입니다."

처음 생각은 현지에서 생산되는 물품들을 구매하여 구색을 갖추려고 했었다.

하지만 현지 사정을 직접 눈으로 보게 되자, 들어가는 비용과 시간에 비해 이익이 없었다.

공급되는 물건들의 품질도 한국처럼 일정하게 유지되기 힘들었다.

"그렇게 되면 판매소에서 팔 물건이 너무 한정된 게 아닙니까?"

경제학을 전공한 아나톨리 김의 말이었다.

"판매소의 목적을 소매점에서 도매점으로 방향을 바꾸면 문제를 해결할 수 있을 것입니다. 물론 일정량 이상을 구매하는 사람에게는 소매점 형태로도 물건을 판매할 것입니다."

도매점과 소매점을 동시에 가져가도 큰 문제는 없었다.

더구나 한국 제품만 취급하는 것이 재고관리를 하는 데도 편했다.

소련 제품은 원재료 수급이 어려워져 제때에 생산하지 못하는 상태여서 공급이 원활하지 못했다.

문제는 아직 모스크바에는 도시락라면을 비롯한 한국산 마요네즈와 케첩이 알려지지 않았다는 점이다.

이제야 블라디보스토크와 사할린에 조금씩 알려지기 시작하는 단계였다.

우리는 판매소의 내부 공사가 완성되는 때에 맞추어 시식행사를 여는 걸로 광고홍보를 대신하기로 했다.

판매점이 들어서 있는 노브이 아르바트 거리를 오가는

사람이 적지 않았기 때문에 홍보 효과는 충분히 있었다.

또 다른 방법으로는 모스크바 지사 직원들의 지인들을 초대하여 파티를 열 생각이다.

그들에게 도시락라면을 맛보이고 마요네즈와 케첩을 선물로 줄 계획이다.

이런 행사를 정기적으로 지속할 생각이었다.

대대적인 광고보다는 입소문으로 승부를 거는 것이 좋았다.

도시락라면이 소련 전역으로 퍼져 나갈 수 있었던 것도 입소문 때문이었다.

더구나 도시락라면은 소련 현지 선물용으로도 괜찮은 품목이었다.

가격 면에서뿐만 아니라 라면을 다 먹고 활용할 수 있는 라면 용기 형태 때문이다.

소련은 소비재 물건이 부족하고 또한 품질이 외국 제품보다 확실히 떨어졌다.

"차량 구매는 어떻게 되어 가나요?"

이곳에서 물건을 운반하거나 배달할 차량이 필요했다.

소련에서 만들어진 차량은 너무 투박하고 소음이 심했다.

"독일 벤츠사에서 만들어진 차량이 있는데, 차 주인이 처음 말했던 것보다 가격을 높게 부르고 있습니다."

"얼마나요?"

"200달러를 더 요구합니다."

미화 200달러면 현지인의 평균 두 달 치 월급을 넘어서는 금액이다.

"차량은 확실합니까?"

"예, 평소에 정비를 잘해두었는지 별다른 이상은 없었습니다."

"그럼 구매하세요."

큰돈이 들어가는 것이 아니라면 그 정도의 금액은 괜찮았다.

"알겠습니다."

"자, 그럼 공사가 마무리되는 대로 저는 한국으로 돌아갈 것입니다. 여기 계신 분들이 모스크바 지사를 확실히 책임지고 이끌어 나가셔야 합니다. 소비에트연방의 최고 식품 회사로 우뚝 서는 그날에 여러분의 수고가 빛을 발할 것입니다. 물론 그에 대한 충분한 대가는 회사에서 지급될 것입니다."

내 말을 듣고 있는 젊은 친구들의 눈동자가 모두 반짝반짝 빛을 내고 있었다.

외모상으로는 그들이나 나나 크게 다르지 않았지만, 직

원들 모두가 나의 비전을 믿고 따랐다.

*   *   *

내가 묵고 있는 호텔로 배기문 이사가 연락을 취해왔다.

─여보세요. 저 배기문 이사입니다.

그의 목소리는 왠지 힘이 없었다.

"아, 예! 배 이사님. 잘 계셨습니까?"

─후! 생각처럼 잘 지내지 못하고 있습니다.

전화기 너머로 들려오는 배기문의 한숨이 짧게 들렸다. 그 한숨의 의미가 무엇을 말하는지 알 수 있었다.

"영플라자에 문제라도 생겼습니까?"

─영플라자는 문제없이 잘 돌아갑니다. 다만 모스크바 쇼핑센터 계획이 무기한 연기되었습니다. 백지화되었다고 봐야 하지요. 그게……

모스크바에서 일어난 일 때문에 모스크바에 설립하기로 한 쇼핑센터 계획이 물거품이 된 것이다.

장용성의 입지도 대폭 축소되는 상황이 되어버렸고, 경영기획실에서 영업부서로 좌천되었다.

신세계백화점에서 야심차게 추진한 일이었기에 회사에서 지출한 돈도 적지 않았다.

이래저래 이번 일로 신세계백화점이 받은 타격이 컸다.

"그렇게 되었군요. 배 이사님은 어떻게 되신 것입니까?"

—저는 강 대표님 덕분에 목숨도 부지하고 자리도 지키게 되었습니다. 강 대표님의 말이 계속해서 머릿속을 떠나지 않아서…….

배기문 이사의 말처럼 원래는 장용성과 함께 모스크바 출장을 오기로 되어 있었다고 한다.

한데 내가 모스크바 쇼핑센터의 일에서 한발 뒤로 물러나라는 말이 머릿속에 맴돌아 장용성의 출장에 함께하지 않았다.

또한 그의 아내가 출장을 가기 며칠 전부터 아픈 것도 이유가 되었다.

결국 안타깝게도 배기문 이사 대신 모스크바에 출장 온 인물이 죽임을 당하게 된 것이다.

모스크바 쇼핑센터에 관련된 인물 대부분이 좌천되거나 자리에서 물러났다.

하지만 배기문 이사는 영플라자의 성공 덕분에 자리를 보전할 수 있었다.

"그런 일이 있었군요. 돌아가신 분은 안됐지만 배 이사님이 무사하셔서 다행입니다."

—그리고 이번 일은 장용성 차장님을 반대하는 회사 내

부의 방해 때문에 실패한 것입니다. 참 안타까운 일이지요. 하여간에 돌아오시면 나머지 이야기를 나누시지요.

"알겠습니다. 돌아가는 대로 찾아뵙겠습니다."

전화를 끊고 나자 많은 생각이 들었다.

장용성을 반대하는 인물이 회사 내에 많다는 느낌이 들었다.

첫째 아들인 장용준을 따르는 인물들일 것이다.

모스크바의 일은 거의 마무리되어 갔다.

호도르콥스키 또한 자신의 사업으로 바쁘게 생활했다.

모스크바를 떠나기 전 며칠을 남겨두고 호도르콥스키가 저녁 초대를 했다.

"준비는 다 끝나셨습니까?"

"예, 덕분에 준비를 모두 마칠 수 있었습니다."

"하하! 제가 도와드린 게 있나요. 모두 강 대표님이 알아서 하신 것이죠."

호도르콥스키의 도움이 아니었다면 이렇게 이른 시간에 모스크바 지사를 설립할 수 없었다.

"아닙니다. 정말 큰 도움을 제게 주셨습니다. 제가 도울 일이 있으면 말씀해 주십시오. 힘껏 돕겠습니다."

"저는 다른 바람은 없습니다. 강 대표님과 지속해서 거래하고 싶은 것뿐입니다."

"그거라면 염려하지 않으셔도 됩니다. 호도르콥스키 씨에게는 제가 독점적으로 저희 회사 제품을 공급해 드리겠습니다."

"하하하! 정말이십니까? 다른 회사와는 거래하지 않으시겠다는 말입니까?"

호도르콥스키는 기분 좋은 웃음소리를 내며 물었다.

"물론입니다. 소비에트연방에서 제가 거래할 유일한 분입니다."

나는 한국에서 생산되는 모든 제품을 소련에서도 생산할 수 있게끔 공장을 설립할 생각이다.

직접적인 판매도 이루어지겠지만 소련의 땅덩어리는 크고 넓었다.

모든 지역에 독자적인 판매망을 구축하기까지는 오랜 시간이 걸릴 것이다.

그전까지는 호도르콥스키에게 물건을 공급하여 판매하는 방법이 더 좋았다.

"정말 고맙습니다. 이곳에 오셔서 어느 정도는 파악하셨겠지만 좋은 물건은 판매할 곳이 널려 있습니다. 물건의 공급만 원활하게 해주시면 판매는 문제없을 것입니다. 이런 좋은 신물을 받았는데 저도 강 대표님께 선불을 드려야겠습니다."

호도르콥스키는 식탁에서 일어나 자신의 방으로 들어갔다.

그가 가지고 나온 것은 작은 상자였다.

상자를 열자 그 안에는 아름다운 보석 상자가 나왔다.

그리고 그 보석 상자 안에는 제정러시아의 유명한 보석 명장인 페테르 칼 파베르제의 부활절 달걀 보석이 들어 있었다.

파베르제 달걀은 19세기 제정러사아의 보석명장인 페테르 칼 파베르제가 알렉산드르3세와 니콜라스 2세를 위해 만들었다.

그 후 유럽의 왕가와 귀족, 부호들의 부활절 선물용으로 제작했는데, 파베르제 공방에서 제작한 수백 점의 달걀 중 현재까지 존재가 드러난 것은 모두 60개에 불과하다.

"허! 이건 파베르제의 달걀이 아닙니까?"

"예, 맞습니다."

"이건 상당히 귀한 보석이 아닙니까?"

자그마한 달걀 주변으로 아름다운 보석과 금세공이 들어간 파레르제의 달걀은 종류에 따라서 100억이 넘는 금액에 팔리기도 했다.

호도르콥스키가 선물한 달걀에는 호박 보석과 선홍빛깔의 루비로 치장되어 있었다.

"저의 귀한 사업 동료이자 친구이기에 드리는 것입니다. 사실 달걀 뒤쪽에 조그마한 홈이 나 있어 가격은 생각만큼 크게 나가지 않았습니다."

호도르콥스키의 말처럼 달걀 뒤편에 미세한 금이 나 있었다.

하지만 자세히 살펴보지 않으면 확인하기 쉽지 않았다.

"그래도 이렇게 귀한걸. 정말 고맙습니다."

"만족하신다니, 저도 기쁘네요. 자! 우리의 영원한 우정을 위해 건배하시죠."

호도르콥스키의 말에 보드카가 채워진 잔을 높게 들었다.

*   *   *

숙소로 돌아오자마자 파레르제의 달걀을 살펴보았다.

달걀은 불빛에 더욱 빛이 났다.

영롱한 빛깔의 선홍색 루비와 노란 빛깔의 호박이 조화롭게 잘 어울렸다.

금으로 세공된 주변 장식들 또한 정말 세밀하고 아름답게 잘 만들어졌다.

"야! 정말 정밀하게 잘 만들었구나."

감탄사가 절로 나왔다.

달걀의 안쪽도 궁금해서 조심스럽게 작은 문을 열어보았다.

달걀 안쪽은 아주 작은 선물 상자가 들어 있었다.

리본은 백금으로 만들었고 리본 위로 작은 다이아몬드가 박혀 있는 상자였다.

"허 참! 이렇게까지 정교하게 만들 수 있구나."

보면 볼수록 신기하고 정말 장인의 손길이 느껴졌다.

그때였다.

선물 상자 아래로 바늘구멍만 한 구멍이 보였다.

제작이 잘못돼서 난 구멍이 아닌 인위적으로 만든 구멍이었다.

"이게 뭘까?"

몹시 궁금했다.

구멍에 들어갈 만한 것을 찾았다. 마침 옷에 꽂아둔 옷핀이 있었다.

조심스럽게 구멍에 옷핀을 맞추었다.

그때였다.

철컥!

작은 기계음이 들리며 선물 상자가 한 바퀴 돌아가면서 상자의 뚜껑이 열렸다.

선물 상자 안에는 놀랍게도 두루마리 형태의 작은 종이가 들어 있었다.

내게 선물을 한 호도르콥스키는 이 장치를 몰랐던 것 같다.

"하하! 대단하다, 대단해. 이런 장치까지 만들어놓을 줄이야."

나는 조심스럽게 작은 두루마리 종이를 꺼내 들었다.

종이에는 러시아어로 '붉은 별을 찾아라' 라는 문구와 함께 별 모양이 그려져 있었다.

별 모양은 안쪽에 별이 이중으로 그려졌고 가운데에 제정러시아 국장(國章)이 그려져 있었다.

"어디서 본 것 같은데……."

분명히 이 그림을 본 적이 있었다.

나는 자리에서 일어나 호텔 방 안을 서성거리며 그림을 떠올리려고 노력했다.

창밖에는 빗방울이 하나둘 떨어지고 있었다.

그 순간 그림을 보았던 장소가 생각났다.

"맞아! 장용성이 건물을 얻으려고 했던 곳이었지."

장용성에게 서류를 받고 난 후에 비어 있는 건물에 한번 가보았다.

7층 높이의 건물은 예상대로 텅 비어 있었고 그 모습이 꽤 을씨년스러웠다.

엘리베이터도 동작을 멈춘 상태였다.

전기는 들어왔지만 1층과 지하층에만 전등이 켜졌다.

원래는 지하로 내려가는 계단을 막아놓았지만 누군가가 강제로 문을 연 흔적이 있었다.

별 모양의 문양은 지하에 위치한 어느 방에서 본 것이 분명했다.

나는 곧장 김만철을 불렀다.

"무슨 일입니까?"

"같이 좀 갈 때가 있습니다."

"시간이 좀 늦은 것 같은데요. 밖에 비도 내리고 있고."

김만철의 말처럼 밖은 짙은 어둠이 깔려 있었다.

"지금 궁금증을 풀지 못하면 잠을 이루지 못할 것 같습니다."

"알겠습니다. 차를 준비하겠습니다."

트럭을 구매할 때 승용차도 한 대 사놓았다.

소련은 지하철이 발달해 있지만, 운행 시간을 맞추지 못하면 한참을 기다려야 했다.

전차와 버스도 외국인이 이용하기에는 불편했다.

김만철이 호텔 지하주차장에 주차시켜 놓은 차를 가지러 간 사이 나는 호텔 객실 내에 구비되어 있는 손전등을 챙겼다.

　호텔 입구에 나서자 스웨덴산 중고 볼보가 세워져 있었다.

　연식은 좀 되었지만 타고 다니는 데는 아무 문제가 없었다.

　차량 부품들도 거의 새것으로 교체된 상태였다.

　"어디로 가면 됩니까?"

　운전석에 앉은 김만철이 올라타자 물었다.

　"며칠 전에 가봤던 건물 아시죠?"

　"장용성 씨가 잘못 계약한 건물 말씀이시죠?"

　"네, 거기로 가면 됩니다."

　"알겠습니다."

　김만철은 말을 마친 후에 자동차 액셀러레이터를 힘차게 밟았다.

　승용차 창문을 두드리는 빗줄기가 더욱 거세져 있었다.

　30분쯤 달려서 도착한 건물의 입구는 단단히 잠겨져 있었다.

　신세계백화점의 장용성이 매입하려고 했던 지금의 건물은 1890년에 완공된 유서 깊은 건물이었다.

　"문이 잠겼는데요."

김만철이 정문을 흔들어보며 말했다.

소련 정부의 건물이라 관리인이 있었지만 이미 퇴근한 지 오래였다.

이전에 방문했을 때에는 관리인을 통해서 건물 안으로 들어갔었다.

"다른 곳으로 들어갈 만한 곳이 없을까요?"

"제가 한번 둘러보겠습니다."

김만철은 내가 건네준 손전등을 들고서는 건물 주변을 살피기 시작했다.

나 또한 김만철이 향한 반대편으로 걸어가 열려 있는 창문이 있는지 살폈다.

5분쯤 시간이 흘렀을 때에 김만철의 소리가 들렸다.

"여깁니다. 이쪽에 깨진 창문이 있습니다."

김만철이 있는 장소로 빠르게 발걸음을 옮겼다.

그가 말한 대로 지하로 이어진 창문 하나가 깨져 있었다. 김만철이 손을 집어넣어 잠근 장치를 풀었다.

창문을 열고서는 조심스럽게 안쪽으로 몸을 집어넣었다.

바닥까지 대략 2m가 넘는 높이였지만 충분히 뛰어내릴 수 있었다.

건물 안쪽은 칠흑 같은 어둠에 잠겨 있었다.

손전등을 켜자 무언가가 급하게 피하는 소리가 들렸다.

아마도 비어 있는 건물에 살고 있는 쥐 같았다.

"후! 건물의 구조를 모르니 조금 헤매야겠네요."

"이 별 모양을 찾으면 되는 것입니까?"

"예, 제 기억으로는 지하에 위치한 방을 둘러보던 중 한 곳에서 본 것 같은데, 어두워서 그런지 헷갈리네요."

"알겠습니다. 일단 열려 있는 방들부터 살펴보지요. 저는 왼편으로 가겠습니다."

"그럼 저는 먼저 중앙에 위치한 방을 살펴보죠."

김만철이 어둠을 밝히며 왼편으로 사라지자 나는 중앙으로 발걸음을 옮겼다.

벽면에 위치한 전등 스위치를 올려다보았지만, 전기차단기가 내려갔는지 불이 들어오지 않았다.

지하에 위치한 방들은 잠긴 곳도 있었고 열린 곳도 있었다.

잠겨 있지 않은 모든 방을 확인했지만 붉은 별을 찾지 못했다.

김만철이 둘러본 방에도 찾는 별이 없었다.

결국 잠긴 방을 살펴보아야만 했다.

문제는 방문을 여는 열쇠가 없다는 것이다.

나무로 된 문이지만 튼튼한 원목으로 만들어져서 그런지

쉽게 열리지 않았다.

이전에는 잠겨진 방이 열려 있었다.

"쌍! 할 수 없네요. 그냥 부숴 버리지요."

김만철이 더는 참지 못하고 신경질을 내었다.

"우리가 왔다 갔었다는 흔적을 남기면 안 됩니다. 조금만 더 해보지요."

"알겠습니다. 뭘 이리 튼튼하게 만들었는지."

김만철이 소지하고 다니는 단검으로 문에 연결된 자물쇠 연결고리를 후벼 파듯이 돌렸다.

철컥!

결국 자물쇠 고리는 김만철의 힘에 항복하고 말았다.

"진작에 열릴 것이지."

"수고하셨습니다. 아직 잠겨 있는 방들도 있으니 서두르지요."

끼— 익!

경첩에 먼지가 많이 껴서 그런지 시끄러운 소음이 들려왔다.

방 안에는 가구 하나 없이 깨끗했다.

손전등으로 비쳐 안을 살펴보니, 다행히도 내가 왔다 갔던 방의 구조처럼 보였다.

어둠 속에 묻혀 있는 넓은 방에서 손전등만 의지한 채 작은 붉은 별 모양을 찾기가 쉽지 않았다.

스쳐 지나가듯이 본 것이라 어느 벽면에 위치하는지를 알 수 없었다.

십여 분쯤 벽면을 살필 때였다.

"여기 찾았습니다. 이 낡은 그림으로 가려져 있었네요."

김만철의 목소리에 나는 곧장 그가 있는 왼쪽 벽면으로 뛰어갔다.

"그래서 보이지 않았군요."

관리인이 그랬는지 누군가가 작은 그림을 가져다가 별이 그려져 있는 위치를 가려놓았다.

그림을 치우자 파베르제의 달걀에서 나온 두루마리 종이에 그려진 별 모양과 똑같았다.

문제는 별 모양만 있을 뿐 무슨 특별한 장치나 다른 표시가 없었다.

"종이에 다른 말이 적혀 있지 않나요?"

김만철이 나를 보며 물었다.

"없는데요. 작은 종이라서 더 적을 공간도 없습니다."

"그럼 누가 일부러 장난을 치려고 그런 것 아닙니까?"

김만철의 말을 들으니 그럴 수도 있겠다는 생각이 들었다.

"제가 제대로 확인도 하지 않고서 김 과장님을 피곤하게 만들었네요."

"하하! 아닙니다. 이런 재미도 있어야죠. 그럼 다시 호텔로 돌아가시겠습니까?"

"그래야겠죠. 장난이었다니……."

나는 방을 떠나기 전 두루마리에 있는 별을 다시 한 번 자세히 살폈다.

벽면에 그려진 별과 다른 점이 있는지를.

그때 종이에 그려진 별의 모양이 벽면에 그려진 모양과 조금 다른 부분이 눈에 들어왔다.

이중으로 그려진 별 모양이 벽에 그려진 별과 반대였다.

"별의 위치가 다르네."

나의 말에 김만철의 발걸음이 멈춰 섰다.

"뭐 이상한 거라도 있습니까?"

"종이에 그려진 별과 벽면에 그려진 별의 안쪽 위치가 달라서요."

"그러면 뭔가 숨겨진 것이 있다는 건가요?

김만철이 손전등을 들어 벽면에 별을 비추었다.

그리고는 별이 그려진 벽면을 대검으로 두드려 보았다.

탁! 탁! 팅!

뭔가 미세한 차이로 금속성 소리가 들렸다.

처음 주변을 두드렸을 때 들려오던 소리는 그저 벽을 두

드릴 때 나는 소리였다.

한데 그려진 그림의 안쪽 별 꼭짓점들을 두드렸을 때에 나는 소리가 달랐다.

"뭔가 좀 다른 것 같은데요?"

내 말에 김만철은 대검을 들어서 다른 소리가 들려온 쪽을 파내기 시작했다.

그러자 꼭짓점마다 금속으로 된 작은 구슬이 모습을 드러냈다.

"이게 뭐죠?"

김만철이 내게 물었다.

"글쎄요. 저도 잘은 모르겠네요. 무슨 장치 같은데……."

손가락으로 그 부분을 살짝 눌러보았다.

철컥!

하는 소리와 함께 볼록 튀어나왔던 구슬이 안으로 들어가 버렸다.

"허! 희한하네."

그 모습을 보고 있던 김만철의 말이었다.

나는 다시 별이 그려진 종이를 살폈다.

그러고 보니 종이에 그려진 다섯 개의 꼭짓점 부분이 미세한 차이가 있었다.

쉽게 확인하기 힘든 작은 점이 세 군데의 꼭짓점에만 찍혀 있었다.

자세히 보지 않으면 그냥 넘어갔을 정도였다.

더구나 운 좋게 내가 눌렀던 부위에 점이 찍혀 있었다.

왠지 점이 찍혀 있는 꼭짓점 눌러야만 될 것 같은 느낌이 들었다.

"그러면 여기하고 여기인데."

나머지 두 개의 꼭짓점을 누르자 '철컥' 하는 소리와 함께 튀어나온 구슬 부위가 안으로 들어갔다.

그리고 난 뒤에 별이 조금씩 움직이기 시작했고 이내 종이에 그려진 별의 위치와 같아졌다.

그리고 그때였다.

덜커덩!

하는 소리와 함께 방 한가운데의 바닥이 꺼지며 계단이 드러났다.

정말 영화에서나 보았던 놀라운 광경이었다.

"허! 정말 놀랍네요."

"안으로 들어가실 겁니까?"

산전수전 다 겪은 김만철도 긴장한 눈빛이 역력했다.

"여기까지 왔는데 확인을 해야겠죠."

나 또한 몹시 긴장되었다.

"저는 이런 분위기가 왠지 마음에 들지 않습니다. 뭔가 튀어나올 것 같은 분위기네요."

계단 아래에는 어둠밖에 보이지 않았다.

손전등으로 아래를 비추자 계단만 보일 뿐 다른 어떤 것도 눈에 들어오지 않았다.

"뭔가 튀어나오든 간에 일단 들어가 보죠."

불편한 기색을 내보이는 김만철을 뒤로하고 내가 먼저 계단 안으로 들어갔다.

김만철은 내키지는 않지만 어쩔 수 없이 따라 들어오는 모양새였다.

얼마나 오랫동안 닫혀 있는지는 모르지만, 들어가는 입구 곳곳에 거미줄이 짙게 쳐져 있었다.

계단은 생각보다 길었다.

적어도 5층 정도의 깊이를 내려와서야 계단이 끝이 났다.

계단을 모두 내려오자 그 앞에는 한 사람씩만 들어갈 수 있는 좁은 통로가 이어져 있었다.

"앞쪽으로 계속 가실 것입니까?"

김만철이 나에게 물었다.

"그래야겠죠. 여기까지 왔는데."

그 통로를 따라 50m를 전진하자 넓은 공간이 나왔다.

차량 십여 대가 주차할 수 있는 넓이였다.

공터로 보이는 앞쪽으로 무언가를 옮겼던 것으로 보이는 일인용 수레들이 아무렇게나 놓여 있었다.

또한, 옆으로는 수십 구의 해골이 아무렇지 않게 나뒹굴고 있었다.

무슨 일이 일어났는지는 모르지만, 이곳에서 집단으로 죽임을 당한 것 같았다.

분명 누군가가 이곳을 감추려는 의도에서 일꾼들로 보이는 인물들을 죽인 것으로 보였다.

한데 그것이 전부였다.

넓은 공터에는 다른 것은 아무것도 없었다.

"허, 정말! 보물이라도 있을 분위기더니 순 해골바가지만 뒹구네요."

김만철은 자신 앞에 놓인 해골을 신경질적으로 차며 말했다.

"그렇게 말입니다. 뭐라도 있을 줄 알았는데"

틱— 잉!

그때 들려오는 소리가 있었다.

김만철이 찬 해골이 벽과 충돌한 소리였다. 문제는 벽에서 들려온 소리였다.

쇠붙이와 비슷한 물체와 충돌할 때 나는 소리였다.

나와 김만철은 누구 할 것 없이 소리가 난 곳으로 향했다.

그곳은 빨간 벽돌로 가로막혀 있었다.

"분명 이곳에서 소리가 난 것 같은데."

"해골이 여기에 떨어져 있는 걸 보니 맞는 것 같습니다."

김만철이 찬 해골이 반쯤 부서진 채 아래에 놓여 있었다.

나는 수레에서 떨어져 나온 나무막대기를 들고서 해골이 부닥쳤을 만한 벽 주위를 두드렸다.

턱! 턱! 탁! 팅!

분명 마지막 소리는 일반 벽에서 나는 소리가 아니었다.

다시금 소리가 다른 벽돌 부위를 내려쳤다.

팅!

역시나 소리가 달랐다.

손전등을 들어 벽돌을 확인했다.

그곳에도 파베르제의 달걀에서 발견된 종이에 그려진 별이 새겨져 있었다.

벽돌을 자세히 보니 다른 벽돌과 다르게 조금 앞으로 튀어나와 보였다.

"다른 벽돌과 달라 보이기는 하네."

나는 힘을 주어 벽돌을 눌러보았다.

그 순간 벽돌이 안쪽으로 들어가는 동시에 굉음이 들렸다.

드르릉! 철커덩!

기관 장치가 작동하는 듯한 소리였다.

나와 김만철은 재빨리 뒤로 물러났다.

드르르!

천장에서는 먼지와 작은 돌들이 떨어져 내렸다.

그러고 얼마 뒤 두 사람을 가로막고 있던 벽이 천천히 반으로 갈라졌다.

꿀꺽!

긴장한 나머지 나도 모르게 침이 넘어갔다. 천천히 손전등을 들어서 앞쪽을 비추었다.

그때 눈에 들어온 것은 노란 물체였다.

"우와! 이거 다 금괴 아닙니까?"

김만철의 말로 인해 눈앞에 보인 물체가 확연해졌다.

그의 말처럼 금괴였다.

사람 키 높이로 쌓인 금괴가 방 안 가득히 들어차 있었다.

방은 대략 100㎡(30평) 정도의 크기였다.

금괴뿐만이 아니었다.

뒤편으로는 무언가를 담은 자루들이 눈에 띄었고 자루 안마다 금화가 가득했다.

또한 방 중앙에 위치한 곳에 놓인 4개의 상자 안에는 다이아몬드와 루비, 그리고 사파이어 원석들이 가득 담겨 있었다.

손전등으로는 방 안에 있는 물건들을 모두 확인하기 힘들었다.

방 맨 뒤편에는 잠겨진 금고가 있었고 그곳에는 뭐가 들어 있는지 알 수 없었다.

하지만 방 안에 있는 금괴와 금화, 그리고 보석만으로도 그 값어치를 따지면 어마어마한 양이었다.

'빨리 이 건물을 매수해야 한다.'

머릿속에 떠오른 생각이었다.

무슨 수단을 써서라도 이 건물을 손에 넣지 않으면 지금 방 안에 있는 보물들은 분명 다른 자에 손에 들어갈 것이 분명했다.

이미 별이 그려진 벽을 훼손했다.

누군가가 관심을 가진다면 지하로 내려오는 통로를 발견할 수 있었다.

"우선 보석을 챙겨서 나가죠. 내일이라도 당장 건물을 인수해야겠습니다."

내 말에 김만철은 상자에 들어 있는 보석 자루들을 챙겼다.

"이걸 모두 가져가기는 힘들 것 같은데요."

"밖에 있는 수레를 이용하지요. 아직 쓸 만하게 있을 겁니다. 금괴도 몇 개 챙겨 가고요. 금괴의 순도가 얼마나 나오는지 알아야겠습니다."

옛날 방식으로 금괴를 만들었다면 불순물이 많이 들어가 요즘같이 99.9%의 순도를 가진 금괴가 아닐 수 있었다.

수레는 대부분 망가졌지만 유일하게 한 대가 제대로 움직였다.

힘이 들었지만, 보석이 보관된 상자는 모두 옮기기로 했다.

좁은 통로와 긴 계단은 나와 김만철의 입에서 단내가 날 정도로 힘들게 만들었다.

상자를 옮겨놓는 데만 한 시간이나 걸렸다.

가져간 손전등의 건전지도 다 되어 가는지 불빛이 약해졌다.

최대한 지하로 내려가는 장소를 숨겨놓았지만, 벽면에 드러난 별 모양의 꼭짓점은 그림으로 가릴 수밖에 없었다.

내일이라도 당장 건물을 매입하여 조치해야만 했다.

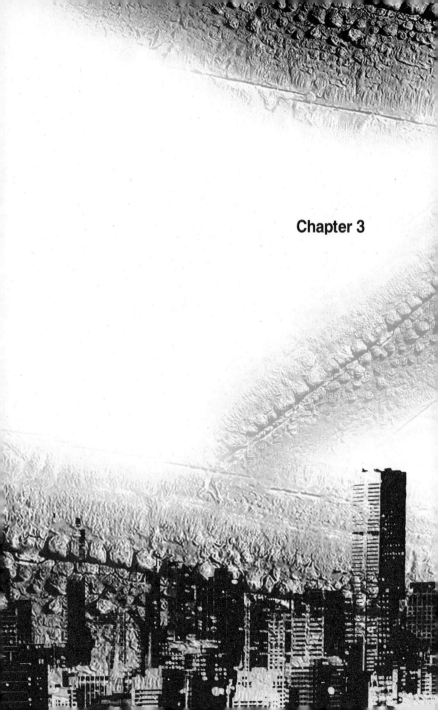

Chapter 3

　보석 상자들은 노브이 아르바트 거리에 위치한 건물에
가져다 놓았다.

　매입한 건물은 이제 공사가 어느 정도 끝나가고 있었다.

　사무실과 직원들의 숙소로 쓰는 방은 내부공사까지 끝난
상태였다.

　건물 경비원도 채용한 상태라 상대적으로 호텔에 보관하
는 것보다 안전했다.

　"이걸 어떻게 처리하죠?"

　상자의 무게가 꽤 되어서인지 이마에 땀이 송골송골 맺

힌 김만철의 말이었다.

만약 그가 욕심을 부렸다면 무사히 보석 상자를 이곳으로 가져오지도 못했을 것이다.

김만철은 나를 전적으로 믿고 신뢰했다.

"일단은 안전한 보관 장소를 마련해야 합니다. 여기다 두는 것은 임시적인 방편이죠."

내 말에 김만철은 고개를 끄덕였다.

"한데 마지막 상자는 잠겨 있어서 확인하지 못했습니다."

"그랬나요?"

김만철의 말에 잠겨 있는 상자에 눈이 갔다.

나머지 3개의 상자는 잠금장치가 고장이 났는지 모두 열려 있었다.

이곳까지 오는 도중 정신이 하나도 없었다.

혹시나 따르는 사람이 있는지도 여러 번 확인하면서 운전을 했었다.

매입한 건물에 도착해서도 일부러 동네를 몇 바퀴 더 돌았다.

"예, 확인할 시간도 부족해서 그냥 차에 실었습니다."

"그럼 한번 열어보죠."

"알겠습니다."

김만철은 단검을 들어서 철제 상자의 틈새로 집어넣었다.

그리고 힘을 주어 단검의 손잡이를 내려치자 상자가 열렸다.

상자의 크기는 세로 40㎝, 가로 25㎝ 정도 되어 보이는 철제 상자였다.

상자 안에는 고급스러운 빨간색 융단이 무언가를 감싸고 있었다.

빨간색 융단을 펼치자 모습을 드러낸 것은 좀처럼 보기 힘든 레드 다이아몬드와 핑크 다이아몬드였다.

다이아몬드의 크기는 호두만 했고 총 일곱 개였다.

이런 다이아몬드는 보통 1캐럿당 100만~200만 달러(약 10억~20억 원)에 거래된다.

일반적으로 핑크 다이아몬드와 레드 다이아몬드는 화이트 다이아몬드보다 50~100배의 가치가 더 있는 것으로 알려져 있다.

영롱한 빛을 내고 있는 레드 다이아몬드와 핑크 다이아몬드는 정말 아름다웠다.

그중 핑크 다이아몬드는 약 100만 캐럿의 다이아몬드 중 1캐럿 정도가 나올 만큼 생산량이 지극히 낮고, 핑크색을 띠는 보석이 흔하지 않기 때문에 그 가치가 더 높다고 볼 수 있다.

핑크 다이아몬드의 입찰가는 무색 다이아몬드의 최고 100배까지 이르는 가격이다.

이 다이아몬드의 희귀성도 희귀성이지만 호두만 한 크기는 정말 흔치 않았다.

"허! 정말 아름답습니다."

김만철도 불빛에 비친 핑크 다이아몬드의 광채에 감탄사 뱉어냈다.

"그렇게 말입니다. 정말 보통 보석이 아닌 것 같습니다."

보석에 대해서 무지한 내가 보더라도 뿜어져 나오는 빛깔이 예사롭지 않았다.

그때 박물관 큐레이터에게 들었던 일곱 개의 별이 떠올랐다.

제정러시아왕가에서 내려오던 최고의 보석이 볼셰비키 혁명 당시 감쪽같이 사라졌다는 말이었다.

'혹시 이게 일곱 개의 별……'

확인할 수는 없지만, 가능성이 없는 것은 아니었다.

"이 보석은 따로 보관해야겠습니다."

나는 꺼내놓았던 보석을 조심스럽게 붉은 융단에 감싸 상자 안에 넣었다.

"호텔로 가지고 갈까요?"

김만철이 물었다.

"아닙니다. 은행 금고를 이용해야겠습니다."

호도르콥스키가 거래하는 메나테프 은행이 있었다.

그 은행에는 돈을 주면 개인에게 금고를 대여해 주었다.

호도르콥스키가 인수를 추진하는 은행이기도 했다.

낙후된 소련의 은행들은 점차 민영화가 이루어지고 있었다.

민영화가 이루어진 은행들은 수익을 내기 위해 서구은행들을 닮아가기 시작했다.

오전에 은행 문이 열리자마자 일곱 개의 핑크와 레드 다이아몬드를 대여금고에 보관했다.

핑크는 세 개였고, 레드 다이아몬드는 네 개였다.

은행은 돈을 받으면 그 물건이 어떤 것인지는 상관하지 않았다.

대신 은행에서 대여하는 금고의 크기가 크지 않았기 때문에 주로 귀중품과 중요문서를 보관하는 데 사용되었다.

메나테프 은행은 상주하는 경비원이 4명이나 되었다.

더구나 50m 떨어진 곳에 경찰서가 자리 잡고 있었다.

드물게 은행을 강탈하려는 사람도 있었지만, 경비가 심한 메나테프 은행은 이제까지 단 한 번도 강도사고가 발생하지 않았다.

나 또한 모스크바에 위치한 은행을 매입하려는 계획을 세우고 있었다.

모든 일을 한꺼번에 처리할 수 없었기에 그 시기를 보고 있을 뿐이었다.

*   *   *

신세계백화점의 장용성이 매입하려고 했던 건물의 이름은 '스베르' 였다.

스베르의 실제 소유기관을 찾기 위해 조사를 했다.

지독한 먼지들이 쌓인 모스크바시 기록실에서 찾아낸 것은 소련의 외무성이 스베르의 실 소유자로 되어 있다는 것이다.

소련의 문화부에서 외무성으로 건물이 넘어갔지만, 그에 대한 관리가 이루어지지 않아서 버려진 채 방치되어 있었다.

스베르를 사용하려면 수리해야할 부분이 많았다.

오래된 건물이라 비가 오면 천장에서 물이 떨어지는 층이 두 개나 되었다.

전기설비도 손을 봐야 했고 엘리베이터도 고장 난 상태였다.

전반적으로 수리가 들어가야 했지만 소련은 현재 대대적

인 긴축정책으로 각 부처의 예산이 부족한 상태였다.

스베르 건물도 버려진 채 방치되던 것을 이용하여 부패한 관료의 협조를 통해서 마피아가 서류 조작으로 사기를 벌인 것이다.

소련은 한국과의 관계를 고려하여 사기사건에 연관된 정부 인물들을 찾아내어 체포했다.

하지만 건물계약금은 끝내 찾아내지 못했다.

단지 중도금으로 은행에 이체되었던 금액만 돌려받았다.

나는 외무성을 찾아가 계약서에 찍혀진 정부도장이 진짜라는 것을 강조했다.

모스크바시에 근무하는 인물과 외무성 인사도 이번 사기사건에 연루되었다.

"저희도 그에 관해서는 부정하지 않겠습니다. 하지만 정부 소유의 건물은 매매할 수는 없습니다."

나에게 말을 하는 인물은 포타닌이라는 이름의 외무성 관리였다.

"그러면 소비에트연방 정부에서 해줄 수 있는 게 뭐가 있습니까? 저희가 매매계약서에 찍혀 있는 외무성 인장을 믿고 투자한 돈은 상당한 금액입니다. 이런 식으로 소련 정부가 대처한다면 앞으로는 이곳에 투자하는 한국 기업은 없을 것입니다."

나의 말에 포타닌은 곤혹스런 표정이었다.

한국에서 투자를 위해서 모스크바를 비롯한 소련의 여러 도시를 방문하는 기업인이 많았다.

실제로 기업투자가 이루어지고 있었고, 한국과 체결한 대소경협차관이 진행되는 상황에서 한국이 문제를 제기할 수 있었다.

"강 대표께서는 무엇을 원하시는 것입니까?"

"스베르를 매매할 수 없다면 장기임대를 해주십시오."

"장기임대라면 어느 정도의 기간을 말씀하시는 것입니까?"

"적어도 10년 이상입니다. 대신 저희가 건물을 수리하겠습니다. 2년간이나 비어 있는 동안 건물의 관리가 제대로 이루어지지 않았습니다. 더구나 외무성에서는 스베르를 이용할 계획도 없다는 것을 알고 있습니다."

외무성을 방문하기 전 여러 루트를 통해서 스베르에 관련된 상황을 알아보았다.

"음, 지금 당장 제가 결정할 문제는 아닌 것 같습니다. 최대한 합리적인 방법을 찾아보겠습니다. 말씀하신 대로 지금 당장 스베르를 이용하지는 않습니다. 하지만 외무성 건물을 임대하는 것도 전례가 없는 일이라서 검토를 해봐야 될 것 같습니다."

포타닌의 말에 어느 정도 가능성이 비쳤다.

"충분히 이해합니다. 저는 모스크바시에 지속적으로 투자할 생각이었습니다. 하지만 이러한 상황에서는 모든 것을 재고할 수밖에 없습니다."

나는 다시 한 번 투자에 대한 의견을 강조했다.

"음, 알겠습니다. 강 대표님의 의사를 윗선에 정확하게 전달하겠습니다."

"그리고 한 가지는 저희가 경비원을 고용하고 싶습니다. 건물을 방문했을 때도 노숙자가 몰래 건물에서 나오는 것을 봤습니다. 외무성의 결정을 기다리는 동안에도 건물의 파손이 이루어질 수 있으니까요."

스베르 건물의 관리원은 나이가 많은 경비원 두 명이 전부였다.

밤과 낮에 번갈아가면서 두 명의 관리원이 경비를 섰지만, 제대로 관리가 이루어지지 않았다.

두 사람 다 낮에도 보드카를 마시면서 취해 있을 때가 많았다.

"그건 제가 바로 해드릴 수 있습니다."

외무성에도 손해가 나는 것이 아니었다.

자발적으로 경비를 서서 건물의 파손을 막겠다는 걸 거절할 이유가 없었다.

포타닌과의 만남을 마치고 나올 때에 내 손에는 경비원을 고용해도 좋다는 서류가 들려 있었다.

나는 그 서류를 바탕으로 새로 4명의 경비원을 채용하여 포타닌에게 보냈다.

또한, 외무성에서 받은 서류를 바탕으로 건물관리인에게서 건물열쇠를 회수했다.

경비원들에게 누구도 건물 내로 접근하지 못하게 만들라고 말했다.

기존 건물관리인들에게도 돈을 주며 내 말을 듣게 하였다.

그들이 외무성에서 받는 급료는 한 달을 간신히 살아갈 수 있는 적은 금액이었다.

이런 조치로 지하실에 보관된 금괴에 대한 다른 사람들의 접근을 일단 차단했다.

*   *   *

삼 일이 지나갔지만, 외무성에서는 아무런 연락이 오지 않았다.

사흘 후면 한국으로 돌아가기로 한 날이었다.

아마도 내가 내민 계약서에 대한 것을 확인하고 있을 것이다.

실제로 계약을 체결했던 인물은 신세계백화점의 장용성이었다.

물론 그에게서 모든 권리를 넘겨받았다.

지하실에 보관된 금괴를 처리할 방안을 연구해 보았다.

현재로서는 금괴를 가지고 소련 땅을 쉽게 벗어날 수 없다는 것이었다.

보수파와 군부의 쿠데타가 일어나는 혼란스러운 시점에서는 가능성이 있지만 지금으로서는 힘든 일이었다.

먼저 지하실에서 빼내 온 금괴에 섞인 불순물량을 알아내기 위해서 일정 크기로 절단하여 모스크바에 위치한 금속연구소로 보냈다.

금괴에 대한 성분분석은 하루 뒤에 나왔다.

생각했던 것보다 순금의 함량이 높았다.

금괴는 98%가 순금이었고 나머지 2%에는 은을 비롯한 잡다한 금속들이 섞여 들어간 상태였다.

이 결과로 비춰볼 때 나는 생각지도 못했던 어마어마한 자금을 확보할 수 있게 되었다.

문제는 금을 정제할 수 있는 제련 공장과 금괴를 보관할 장소였다.

금괴의 정확한 수량도 아직 확인하지 못한 상태였다.

더구나 모든 일을 소련 땅에서 처리해야 하는 것이 문제였다.

잘못하여 소련 정부나 마피아가 냄새를 맡는다면 내 목숨까지 위험해질 수 있었다.

모든 걸 철저하게 비밀에 부쳐야만 했다.

또한 만약을 대비하여 무력을 행사할 수 있는 인원이 필요했다.

김만철 하나로는 작은 마피아 조직도 감당하기 힘들었다.

이곳이 국내였다면 달라질 수 있었지만, 이곳은 소련이었다.

서서히 꿈틀거리면서 조직을 확대해 가고 있는 마피아들은 대부분 총기로 무장하고 있었다.

이제 조금 더 시간이 흐르면 소총뿐만 아니라 미사일까지 손에 넣게 된다.

맨손으로도 사람을 아주 쉽게 살상할 수 있는 김만철이었지만 눈먼 총알 한 방이면 끝날 수 있었다.

"사람이 더 필요할 것 같습니다."

"일할 사람들은 다 뽑지 않았습니까?"

"회사 업무가 아니라 다른 쪽의 일을 할 사람 말입니다. 쉽게 말하면 경비 업무나 경호업무를 할 사람이죠."

"저 같은 사람이 더 필요하다는 말씀이십니까?"

"예, 아시다시피 우리가 발견한 보석과 금괴를 처분하는 과정에서 혹시나 잘못되면 김 과장님 혼자서는 벅찰 수 있으니까요."

"무슨 말씀인지 알겠습니다. 제가 한번 알아보겠습니다."

김만철은 내 말뜻을 알아들었다.

"괜찮은 사람이 있으십니까?"

"예, 제가 이곳 모스크바에서도 두세 번 작전을 수행했었습니다. 그때 알게 된 친구가 있습니다."

김만철은 러시아와 중국은 물론 동유럽까지 활동 무대가 넓었다.

"믿을 수 있는 사람입니까? 제가 없어도 이곳에 있는 모든 것을 책임지고 지켜나갈 수 있어야 합니다. 더구나 우리가 발견한 금괴는 고스란히 이곳에 두어야 하니까요."

김만철은 믿을 수 있었고 내가 통제할 수 있었다. 하지만 다른 사람은 그러지 못할 수도 있었다.

김만철과 나의 관계는 단순히 회사 대표와 직원의 상하 관계가 아니었다.

우리 두 사람 다 위험한 상황에서 목숨을 아끼지 않고 서로에게 도움을 줄 수 있었다.

"물론 믿을 수 있는 친구입니다. 하지만 저도 대표님이 염려하신 것에 대해서는 확신할 수는 없습니다."

김만철은 나의 의중을 바로 알아챘다.

어마어마한 돈 앞에서는 누구나 다 흔들릴 수 있었다.

아직까지 이곳에 기반을 잡고 있지 않은 상태에서 무력을 행사는 인물이 금괴에 대한 비밀을 알게 되어 욕심을 낸다면 오히려 호랑이를 집 안에 불러드린 꼴이 될 수 있었다.

"알겠습니다. 우선 만나보고 결정하겠습니다."

"그럼, 저는 친구의 행방을 찾아보겠습니다."

김만철은 나에게 가볍게 목례를 하고는 호텔 방을 나갔다.

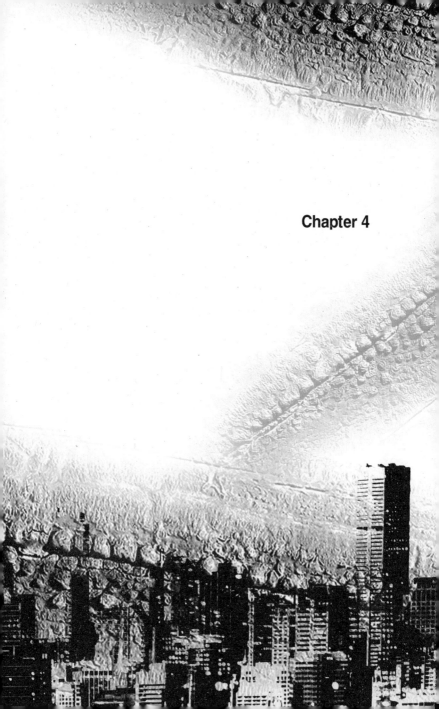

Chapter 4

　매입한 건물의 공사가 마무리되는 시점에서 기다리던 소련의 외무성이 연락을 해왔다.

　동아시아 담당국장의 직분을 가진 안드레이 코지레프라는 인물을 만났다.

　40대 중반으로 보이는 이 인물은 몇 년 뒤 외무장관까지 오른 인물이었다.

　"강 대표님이 제시한 서류와 조건을 검토해 보았습니다. 서류에 찍힌 직인이 불법적으로 도용되긴 했지만, 저희 외무성에서 사용하는 직인이 맞습니다. 여러 가지 상황을 고려해 본 바, 이번 건에 한해서 특별히 외무성 건물을 임대하는 걸로 결정했습니다. 더욱이 우리나라와 한국과의 친밀한 관계를 위해서도…….”

건물의 매입은 불가였다. 하지만 임대는 허락되었다.

한국에 있는 소련대사가 외무성에 보고한 현지 동향자료에서 한국 기업들이 이번 모스크바 사태를 예의 주시하면서 소련에 대한 투자를 축소하려는 움직임이 있다는 보고서가 결정적이었다.

소련에 투자하려는 기업 관계자가 모스크바에서 피살되고 사기까지 당하는 사태는 분명 나쁜 선례였다.

현재 경제적인 어려움에 부닥쳐 있는 소련으로서는 한국의 투자는 단비와도 같았다.

미국에 대한 동아시아 정책에 대한 견제를 위해서도 소련은 한국과의 관계가 원만해야만 했다.

여러 상황을 고려할 때 내가 요구한 것들을 대체로 수용하자는 의견이 모여진 것이다.

임대 조건은 내가 제시한 건물의 수리와 매년 미화로 만 달러를 외무성에 지급하는 것이었다.

임대 계약 기간은 내가 요구했던 10년 이상이 아니었다.

계약 기간은 7년이었고 그 후에 다시 새로운 계약을 체결하자는 말이었다.

"저의 입장을 이해해 주셔서 감사합니다. 정식 계약은 언제 할 수 있는 것입니까?"

"내일이라도 당장 할 수 있습니다. 관계자에게 이미 말을 해놓았습니다."

빨라도 한 주 정도 기다릴 것으로 생각했는데, 뜻밖에도 일 처리가 빨랐다.

"하하! 정말 감사합니다. 계약과 동시에 이번 연도의 임대료는 바로 내겠습니다. 그리고 이건 한국에 있는 우리 회사에서 만드는 운동화입니다."

내가 가지고 온 닉스에어-X를 코지레프에게 선물로 전해주었다.

소련에 가지고 온 신발 중에 남은 신발이었다.

다행히 코지레프에게 건네준 신발이 그의 발에 딱 맞았다.

"오! 감사합니다. 그렇지 않아도 요즘 들어서 운동을 할까 생각 중이었는데."

코지레프는 만족스러운 표정으로 말했다.

"더 필요하시면 말씀해 주십시오. 한국에서 다음 주면 물건이 도착할 것입니다."

"그래요. 그러면 제 아내와 아이들……."

코지레프는 외무성의 고급 관리였지만 외국에 나가지 않는 한 닉스에어―X와 같은 고급 운동화를 모스크바에서 구매하기가 힘들었다.

그에게서 가족들의 신발 치수와 주소를 받았다.

나는 신발뿐만 아니라 그에게 필요한 물건도 전해줄 생각이었다.

동아시아를 담당하는 코지레프와 친해져서 나쁠 것이 없었다.

*　　　*　　　*

코지레프의 말처럼 금괴가 숨겨져 있는 스베르 건물을 다음 날 바로 임대 계약을 할 수 있었다.

계약서가 체결되는 순간부터 스베르 주변에 공사를 위한 울타리를 치기 시작했다.

내부 수리 공사도 목적이었지만 가장 큰 이유는 외부인의 접근을 원천적으로 차단하려는 것이었다.

매입했던 건물에서 공사가 이루어지고 있어서 바로 공사를 진행할 수 있었다.

건물에 대한 경비를 더욱 강화하기 위해서 인원을 보강했다.

총 여덟 명의 경비원이 주·야간 교대로 경비를 섰다.

스베르 지하에서 발견된 보석과 금괴 처리를 위해 한국으로 돌아가는 일정을 연기할 수밖에 없었다.

아무리 생각을 해봐도 금을 다른 곳에 보관할 장소가 마땅치 않았다.

대규모의 금을 이송하다가 보면 분명 다른 사람의 눈에 띌 수가 있었고 문제가 발생할 수도 있었다.

아직 금을 처분해야 할 만한 일이 없었기에 그대로 스베르 건물 지하에 보관하기로 했다.

대신 지하로 내려갈 수 있는 방을 아무도 들어갈 수 없도록 폐쇄했다.

스베르는 소련연방 전역을 담당하는 본사 건물로 사용하기로 했다.

건물의 수리 비용과 운용 비용을 위해서 스베르 지하에서 나온 다이아몬드 일부를 처분했다.

현재 소련은 서서히 자본주의가 태동하는 시기라 사치품의 유통이 점차 늘어나고 있었다.

그중 하나가 다이아몬드에 대한 수요였다.

하지만 늘어난 다이아몬드의 수요를 공급이 따라가지 못하고 있었다.

내가 내놓은 다이아몬드는 그 품질 면에서도 최상급 제

품이었다.

그 덕분에 국제 시세보다도 훨씬 비싼 가격으로 받을 수 있었다.

스베르에 대한 공사가 시작될 무렵 김만철은 내게 한 인물을 소개했다.

그는 소련인이 아니었고, 빅토르 최와 마찬가지로 소련에 거주하는 고려인이었다.

한국말도 한국 사람처럼 능숙하게 할 수 있는 인물로 그의 이름은 티토브 정이었다.

나이는 32살로 김만철보다 어렸다.

인사를 건넨 후 티토브 정은 무안할 정도로 말없이 나를 바라보기만 했다.

그의 눈은 때가 묻지 않은 아이처럼 무척 맑았다.

"제 얼굴에 뭐라도 묻었습니까?"

"아닙니다. 제가 알고 있는 분과 좀 닮은 것 같아서요."

"아, 예. 김만철 과장님에게 들으셨는지는 모르지만, 이곳에서 거친 일을 당하다 보니 김 과장님과 같은 분을 찾고 있습니다."

"무슨 일을 하시는지는 모르겠지만, 만철 형님 같은 분이 따르는 걸 보면 대표님도 사업만 하는 보통 사람은 아닌 것 같은데요."

티토브 정의 뜻밖에 말에 나는 속내를 들킨 사람처럼 뜨끔했다.

"하하! 그럴 수도 있겠네요. 이 나이에 사업한다고 거친 이곳까지 왔습니까. 하지만 생각하신 만큼 특별한 사람이 아닙니다."

"그럴 수도 있겠네요. 그래도 대단하시네요. 남의 나라에서 사업한다는 게 쉽지는 않을 테니까요."

티토브 정은 내 말에 다른 말을 하지 않았다.

"그래서 티토브 정 같은 분이 필요한 것입니다."

"제가 해야 하는 일은 뭔가요?"

"보안 업무라고 해야겠죠. 회사의 기밀문서나 기술유출을 막는 것부터 더 나아가 여러 위험으로부터 저와 회사를 지켜주시는 업무까지라고 말해야겠습니다."

"그럼 저에게 해주실 수 있는 것은 무엇입니까?

'무슨 말이지? 회사에서 받는 월급 말고 다른 무언가가 필요하다는 건가?'

"필요한 것이라도 있습니까?"

"예, 이곳에 한국 학교를 설립해 주십시오."

전혀 생각지도 못한 요구였다.

'한국 학교라⋯⋯.'

티토브 정처럼 고려인 3세나 4세 중 한국말을 제대로 말하거나 읽고 쓰는 사람이 그리 많지는 않았다.

세월이 지나면서 제대로 된 교육을 받지 못하자 점차 할 아버지 할머니에게 배웠던 한국어를 잊어버리게 되었다.

"알겠습니다. 설립해 드리겠습니다. 대신 저도 조건이 있습니다."

"어떤 조건입니까?"

"우리 회사에 들어오게 된다면 10년 동안은 개인 의사로 퇴사할 수 없습니다. 그 후에는 본인의 의사에 따르시면 됩니다."

김만철이 소개한 티토브 정은 분명 보통 인물이 아닐 것이다.

이러한 인물은 쉽게 만나기도 힘들었다.

아직 정확하게 어떤 실력이 있는지는 모르지만, 같이 일하게 된다면 오랫동안 함께하고 싶었다.

"하하! 정말 쉽지 않은 조건을 제시하시네요."

티토브 정은 섣불리 결정을 내릴 수 없다는 표정이었다.

"대신 티토브 정이 회사에 이바지하는 것에 따라서 하나의 학교가 아닌 고려인이 거주하는 주요 도시마다 고려인을 위한 한국 학교를 설립해 드리겠습니다."

학교를 설립하기 위해서는 토지매입과 건물을 짓는 것에

도 상당한 돈이 들어간다.

더구나 완공된 학교시설을 관리하는 것과 아이들을 가르치는 선생들에 대한 인건비도 만만치 않은 금액이었다.

더구나 아직은 한국과 소련의 수교를 맺은 지도 얼마 되지 않았기 때문에 고려인에 대한 한국 정부의 지원도 없었다.

"하하하! 제가 졌습니다. 정말이지 만철 형님에게 들었던 것보다도 배포가 더 크시네요. 소련연방 전역에 학교를 세우려면 10년의 세월도 모자랄 것 같습니다. 앞으로 잘 부탁하겠습니다."

티토브 정은 나의 제안을 받아들였다.

"잘 생각하셨습니다. 앞으로 회사가 이 땅에 해야 할 일들이 한국 학교를 설립하는 것만이 아닐 것입니다."

나는 악수를 하기 위해 티토브 정에게 손을 내밀었다.

티토브 정이 오른손을 내미는 순간 그의 손바닥에 새겨져 있는 연꽃 문양의 문신을 보았다.

오른손 바닥에 새겨진 연꽃 문양의 문신은 백야의 인물을 나타내는 표식이었다.

티토브 정은 다름 아닌 백야의 인물이었다.

소련 땅에서 뜻밖에도 백야의 인물을 만난 것이다.

*　　　*　　　*

티토브 정은 대리 직책부터 시작하는 걸로 했다.

아직은 보안부서가 활성화되지 않았기 때문에 김만철과 함께 티토브 정은 나의 경호 임무가 주였다.

그가 어떤 일을 했었는지에 대해서는 묻지 않았다.

어렴풋이 느껴지는 것은 소련의 특수부대나 정보부서에서 일했던 인물인 것 같았다.

그의 입사와 더불어서 나는 바로 고려인을 위한 한국 학교를 설립하기 위한 부지를 알아보았다.

처음에는 한국어와 한국 역사를 가르치는 것부터 시작하지만, 나중에는 중학교와 고등학교, 그리고 대학교까지 설립할 계획을 세웠다.

나라를 잃고 오랫동안 떠돌며 생활해 온 고려인들에게 대한민국을 대신해서 무언가를 해주고 싶은 생각이 들었다.

수백억 값어치를 지닌 보물과 금괴를 발견한 것도 어쩌면 이 땅에서 헐벗고 굶주렸던 고려인들을 보살피기 위한 것일 수도 있었다.

"제련 공장에서 저희 조건을 수용하겠다고 연락이 왔습니다."

비서 역할을 담당하는 빅토르 최의 보고였다.

지하에 보관 중인 금의 불순물을 제거한 후 99.99%의 순금으로 다시금 만들 생각이었다.

그러는 것이 금을 판매할 때도 유리했다.

앞으로 자원개발을 통한 광물들을 제련할 때도 필요한 곳이었다.

소련은 금속 관련 산업이 상당히 발달한 나라였다.

더구나 기존에 있는 제련 공장을 이용하게 되면 외부에 노출될 수 있는 위험요소가 컸다.

"잘됐네요. 인수절차에 들어가도록 합시다."

제련 공장을 인수하는 데 필요한 자금은 다이아몬드를 처분한 돈으로 해결할 수 있었다.

인수할 공장의 이름은 '세레브로'로 은이나 은그릇을 뜻하는 말이었다.

어찌 보면 생각지도 못한 제련 공장을 인수하게 된 것이다.

인수하려는 세레브로 공장 또한 소련 경제가 어려워지자 경영이 어려워진 상황이었다.

공장의 인원은 모두 육십여 명이었지만 삼십 명으로 감축할 생각이었다.

공장에서의 작업량과 비교하면 인원이 너무 많았다.

인원을 줄이는 대신 불필요한 작업 공정과 낡은 기계장비들을 최신 장비로 교체할 생각이었다.

세레브로 공장을 인수하게 된 결정적인 이유는 공장이 위치한 곳 근처에 기차역이 있기 때문이었다.

기차는 소련에서 없어서는 안 될 교통의 상징이었다.

소련에서는 기차를 통한 물류 이동이 70%나 차지했다.

또한 세레브로 공장 부지는 만 오천 평 정도로 상당히 넓었다.

실제로 공장은 오천 평 정도도 안 되는 곳만 이용하고 있었다.

앞으로 지속적인 개발이 이루어지는 모스크바에 이만한 부지와 위치조건을 가진 곳을 찾기가 힘들 것 같았다.

인수에 필요한 절차는 소련 외무성의 코지레프가 소개해 준 산업통상부의 인물을 통해서 어렵지 않게 해결할 수 있었다.

물론 두 사람에게 수고비에 해당하는 선물을 했다.

90년도의 한국도 마찬가지였지만 공무원들에게 선물을 전하는 것과 아닌 것은 하늘과 땅 차이였다.

더구나 소련은 더하면 더했지 덜하지 않았다.

정상적인 절차를 밟아서 진행하면 올해가 지나도 끝나지 않을 수 있었다.

사업이 확장되자 정도를 걸으면서 사업을 한다는 것이 점점 힘들어져만 갔다.

　하지만 이대로 멈출 수는 없었다.

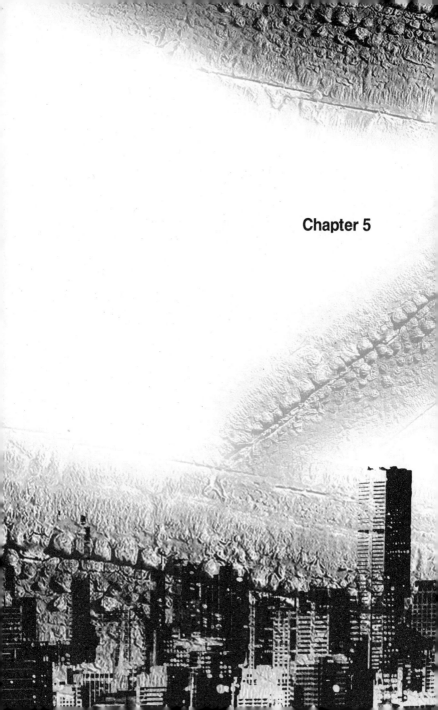

Chapter 5

한국에서 보낸 도시락라면과 닉스 신발이 예정대로 도착했다.

호도르콥스키에게 건네줄 물량과 같이 온 것이다.

원래대로라면 신세계백화점에서 추진하던 종합쇼핑센터에 들어가는 물품들과 함께 왔어야 하는 물건이었다.

하지만 신세계백화점에서 모스크바에 설립하기로 한 종합쇼핑센터를 잠정 보류하면서 상황이 달라진 것이다.

수출 물량을 호도르콥스키에 전해주자 나머지 잔금을 모두 받을 수 있었다.

그 또한 바쁘게 판매 매장을 꾸미느라 정신이 없었다.

*   *   *

세레브로 공장의 인수절차는 순조롭게 진행되었다.

한데 엉뚱한 곳에서 문제가 발생했다.

세레브로 공장의 정상화 작업으로 진행할 예정이었던 인력 감축 때문에 공장을 떠나게 되는 근로자들이 문제였다.

퇴사는 그들의 생계에 막대한 영향을 끼쳤다.

이전 같으면 공장을 나간 직원들이 다른 공장으로 흡수되거나 배급 제도로 인해서 먹고사는 데는 문제가 없었다.

소련은 아직 공산국가라 배급 제도가 있었지만, 점차 유명무실해져 가는 상황이었다.

인력 감축은 나에게 아무 문제될 것이 없다고 말했던 세레브로 공장장의 말은 거짓이었다.

더구나 그가 싫어하는 인물 대부분을 인력 감축 명단에 올렸다.

그중에는 상당한 기술력을 가지고 있는 인물이 상당했다.

내가 러시아어를 모른다고 생각했던 공장의 인물들이 공장 실사를 진행하던 중에 내 앞에서 아무렇지 않게 대화를 나눈 덕분에 이 사실을 알게 되었다.

오히려 세레브로의 공장장을 비롯한 공장에 도움이 되지 않는 인물을 내보내는 결과로 이어졌다.

결국 공장장이 내보려고 했던 인물 중에서 오랜 경험과 기술력을 갖춘 볼조프라는 인물이 새로운 공장장이 되었다.

볼조프는 친화력과 성실함을 갖춘 인물이었다.

그의 의견을 받아들여서 인력 감축은 최소한으로 그쳤고, 공장을 그만둔 인물 중에서도 성실한 사람은 도시락 모스크바 지사에서 흡수했다.

한편으로 세레브로 공장을 정상화시키기 위하여 금을 비롯한 중요 광물의 광산을 인수할 곳을 알아보기로 했다.

1차 물품들이 들어온 후, 판매 매장이 위치한 아르바트 거리에서 도시락라면에 대한 시식회를 열었다.

처음에는 직원들이 권하는 도시락라면을 머뭇거리며 먹지 않으려고 했었다.

하지만 외국 음식에 대한 부담감이 덜한 청소년과 아이들이 도시락라면을 먹어 본 후에 맛있다는 감탄사를 연발하자 하나둘 시식 코너에 사람들이 몰려들었다.

한 시간 정도 흐르자 아예 길가에는 도시락라면을 먹어 보려는 사람들로 인산인해를 이루었다.

첫날 준비한 천 개의 도시락 즉석라면이 반나절도 되지 않아서 동나고 말았다.

간편한 식사 방법과 저렴한 가격에 비해 맛이 월등하자 소련 사람들의 발걸음은 자연스럽게 판매장으로 이어졌다.

시식 코너 한편에는 다 먹고 난 도시락라면의 용기를 이용하는 방법을 알 수 있게 해놓았다.

충분히 그릇 대용으로도 사용할 수 있는 라면 용기에 소련 주부들의 발걸음을 잡는 데 성공했다.

주변 아파트단지에 거주하는 사람이 수십 명씩 한꺼번에 몰려나와 북새통을 이루었다.

이들은 도시락라면을 한두 개씩 사가는 것이 아니라 두세 박스씩 구매했다.

그 덕분에 1차로 모스크바에 도착한 이천 상자가 생각보다 빠르게 소진되어 버렸다.

도시락라면 한 박스에는 24개의 라면이 들어 있었다.

"내일 또 물건이 들어옵니다."

계산대에 있는 직원들이 정신없을 정도로 사람들이 몰려들었다.

판매장에서는 몇 개 남지 않은 라면을 두고 사람들이 싸우는 장면까지 연출되었다.

도시락라면을 구매하지 못한 주민들은 직원들에게 라면

을 사고 싶다는 말을 간절히 전한 후에야 판매장을 떠났다.

도시락라면을 홍보하기 위한 시식 코너는 한마디로 대성 공이었다.

먹거리가 부족해진 소련의 현실에서 도시락라면의 등장 은 구세주와도 같은 존재였다.

더구나 요즘 들어 식량 배급이 원활하게 공급되지 않고 있었다.

원래대로라면 모스크바까지 도시락라면의 인기가 전해 지기 위해서는 1~2년이 소요되어야만 했다.

소련의 경제 사정이 어려워지자 생필품과 식료품의 공급 또한 원활하지 않은 것이 도시락라면이 빠르게 인기를 끌 게 된 요인이었다.

하지만 블라디보스토크와 사할린과 함께 모스크바도 도 시락라면의 돌풍의 중심지로 떠오르게 된 것이다.

"일차로 들어온 이천 박스가 모두 팔려 나갔습니다."

판매장의 책임을 맡고 있는 빅토르 최의 보고였다.

불과 시식 코너를 운영하고 난 지 이틀 만에 벌어진 일이 었다.

"이차로 내일 들어오는 라면의 양은 어느 정도입니까?"

"삼천 박스입니다. 블라디보스토크의 판매장에서 판매 되는 도시락라면도 큰 인기를 끌고 있어서 더는 추가로 보낼 물량이 없다고 연락이 왔습니다."

도시락라면 일만 박스가 소련으로 보내졌었다.

처음부터 너무 수량이 많은 것이 아닌가 걱정을 했었다.

하지만 그 모든 게 기우였다.

"음, 한국 공장에는 연락되었습니까?"

"예, 조상규 과장이 추가 주문을 넣었다고 했습니다. 문제는 추가 물량이 도착하려면 빨라야 8∼10일 정도 소요될 것으로 예상하고 있습니다."

문제는 거리였다.

부산항에서 블라디보스토크로 보내지면 다시 블라디보스토크에서 모스크바로 오는 여정이었다.

처음부터 예상한 문제였지만 막상 실제로 접하게 되니 현지공장의 필요성이 더욱 간절했다.

"추가 주문량은 얼마로 했습니까?"

"만 박스를 주문했습니다."

빅토르 최는 팩스로 들어온 서류를 보며 말했다.

"2만 박스로 다시 정정하세요. 그리고 매주 2만 박스씩 보내라고 하세요."

한 달이면 10만 박스였다.

개수로는 240만 개였고, 국내 판매 가격은 개당 4백 원이었다.

현재 국내에서 매달 판매되는 도시락라면의 수량은 대략 3만 박스 정도였다.

한국의 3배가 넘는 수량을 요청한 것이다.

"알겠습니다."

빅토르 최는 내가 어떠한 것을 말하는지 알지 못했다.

도시락라면의 수출이 본격화된 것은 1997년 블라디보스토크에 사무소를 개설하면서부터다.

팔도 도시락은 시베리아 지방의 추위를 달래줄 수 있는 먹거리로 인식됐고, 러시아인의 입맛을 사로잡았다.

그러나 지금 나는 6년이나 빠르게 그 시기를 앞당기려 하고 있었다.

그 덕분에 한국에 있는 공장이 무척 바빠졌다.

*　　　*　·　　*

서울시에서 운영하는 서울특별시 북부병원에 누워 있는 검은 모자 차태석을 바라보고 있는 인물은 다름 아닌 흑천의 도운이었다.

"이 환자가 언제쯤 들어왔습니까?"

"글쎄요. 이곳에 온 지 한 달 정도 된 것 같습니다."

도운이 질문에 대답을 한 사람은 병실을 담당하는 간호

사였다.

"말을 할 수 없다고 했죠?"

"무엇 때문인지는 모르지만 실어증에 걸린 상태입니다. 담당 선생님 말씀으로는 큰 충격을 받은 것 같다고 합니다."

"알겠습니다. 제가 한번 살펴보도록 하죠."

"수술이 끝난 지 얼마 되지 않은 상태라 안정이 필요합니다. 될 수 있는 대로 충격을 받을 만한 질문은 삼가주십시오."

"참고하겠습니다."

도운이 간호사에게 제시한 신분증은 마포경찰서 강력계 소속 형사신분증이었다.

"차태석 씨 내 말이 들리시면 눈을 깜빡거리십시오."

병상침상에 누워 있던 차태석의 눈동자가 도운을 향했다.

차태석은 허리 수술을 두 번이나 받았지만, 하반신마비를 피해갈 수가 없었다.

관악산에서의 대결 이후 깨어난 곳은 이름 모를 병원이었다.

지나던 등산객의 신고로 병원에 옮겨졌다.

몇 군데 병원을 전전하다가 이곳에 온 지 한 달이 되어가는 것 같다.

이전 병원에서는 제대로 된 치료를 받지 못했었다.

'이놈은 누구지?'

지금 자신을 쳐다보는 도운의 눈빛이 남달랐다.

"저는 마포경찰서 김도운 형사입니다."

눈앞에 내민 신분증은 분명 경찰신분증이었다.

'형사 놈이었나.'

만사가 귀찮았다. 아니, 차라리 죽었어야만 한다는 생각이 머릿속을 가득 채웠다.

강태수, 그 찢어 죽여도 시원치 않은 놈에게 너무나 어이없게 당한 것 때문에 깨어 있는 자체가 원망스러웠다.

도운은 슬쩍 자신을 지켜보는 간호사를 살피다가 입술이 실룩거렸다.

[한심스럽기 그지없군. 보잘것없는 외문무공(外門武功) 하나 익힌 걸로 날뛰었었나?]

도운이 선보인 것은 전음이었다.

내공이 동반되지 않으면 시전할 수 없다고 여기는 수법이었다.

놀란 차태석의 눈이 찢어질 듯이 커졌다.

"제가 말하는 것이 맞는다면 눈을 깜빡거리면 됩니다."

도운은 간호사를 의식한 듯 다시 입을 열었다.

"저는 잠시 나가 있다가 5분 뒤에 오겠습니다."

지켜보던 간호사는 별문제가 없다고 여긴 것 같았다.

"예, 바로 끝날 것입니다."

도운은 간호사를 보며 웃음을 머금은 채 말했다. 그의 웃음은 꽤 어린아이처럼 해맑아 보였다.

간호사가 병실을 떠나자 고개를 차태석에게 돌린 도운의 얼굴은 해맑은 얼굴이 아니었다.

지옥에서 올라온 야차와 같이 얼굴 전체가 무섭게 일그러져 있었다.

"너를 이렇게 만든 그놈은 어디 있지? 너는 알고 있을 것 같은데."

도운이 기운을 끌어올려 차태석의 몸을 압박하자 그의 몸이 의지와 상관없이 덜덜 떨리기 시작했다.

'크윽! 이놈은 진짜배기······.'

도운의 압박에 차태석이 눈을 여신 깜빡거렸다.

"후후! 놈이 있는 곳을 적어라."

차태석의 왼쪽 팔은 부러져 붕대에 감겨 있었다.

온전한 오른팔도 뼈에 금이 간 상태라 볼펜을 잡기가 불편했다.

하지만 그걸 거부할 상황이 아니었다.

흔들리는 손가락 사이에 끼워진 볼펜으로 삐뚤삐뚤 간신

히 쓴 세 글자는 '서울대'였다.

"서울대라……. 놈이 서울대에 다니나?"

차태석이 눈을 깜빡거렸다.

"후후! 재미있군. 놈의 이름은?"

도운의 말에 차태석은 다시금 펜으로 '강태수'라는 이름을 힘겹게 썼다.

메모지를 주머니에 넣은 도운의 손에 작은 침이 들려 있었다.

"이렇게 사는 것이 고통스러울 것이다. 놈에 대한 복수는 내가 해줄 테니, 조용히 떠나가거라."

도운의 말에 차태석은 눈을 부라리며 억지로라도 몸을 일으키려고 했다.

하지만 도운의 손이 살짝 움직이자 어느새 침은 차태석의 목에 박혀 있었다.

침의 앞부분은 연기에 그을린 것처럼 검었다.

목에 침이 박히자마자 몸부림치던 차태석의 몸이 갑자기 경직된 듯이 움직임을 멈췄다.

그리고는 잠을 자듯이 차태석의 눈꺼풀이 서서히 감겼다.

병실에 돌아온 간호사가 본 것은 잠을 자는 차태석뿐이었다.

간호사가 도운을 찾아 복도를 두리번거렸지만 흔적조차 없었다.

　정확히 도운이 떠나고 난 후 세 시간 후 차태석은 갑작스러운 심장발작으로 사망하고 말았다.

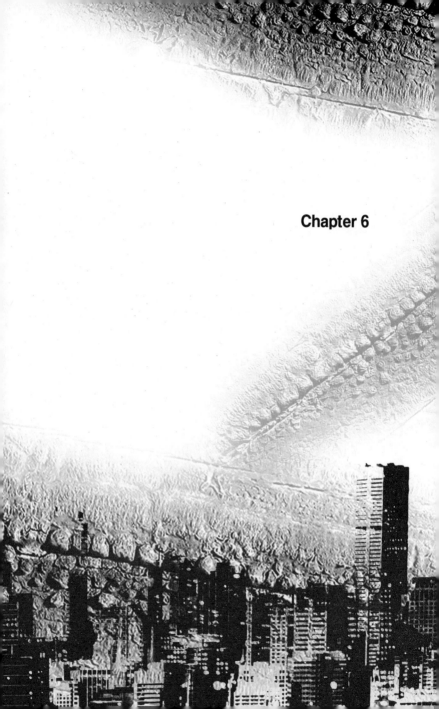

Chapter 6

팔 물건이 없는 와중에도 판매장을 방문하는 사람들은 계속해서 늘어났다.

구매해 간 도시락라면을 친구나 이웃에게서 얻어 먹어본 사람들이 라면을 구매하기 위해서 판매장을 계속해서 방문했기 때문이었다.

모스크바에 도착해야 할 도시락라면 삼천 상자가 화물열차의 고장으로 인해서 하루 정도 늦어지고 있었다.

그러는 사이 판매장의 직원들은 쉴 새 없이 찾아오는 손님들의 항의를 받고 있었다.

소련 사람들은 거친 면이 있었다.

사람이 많이 몰려들자 소련 경찰들이 판매장을 자주 찾았다.

그들에게 먼저 도시락라면을 제공했었다.

그 덕분인지 경찰들이 몰려든 사람들을 강제로 해산시켰다.

"기차는 출발한 것입니까?"

"예, 내일 도착한다는 연락을 받았습니다."

대답하는 빅토르 최는 화물열차 고장이 자신 때문에 일어난 것처럼 표정이 좋지 않았다.

그는 모든 일에 최선을 다하고 있었다.

"물류창고를 중간 정착지에 세워야겠습니다. 블라디보스토크에서 오는 시간도 단축할 수 있게 말입니다. 그리고 화물비행기도 알아보도록 하세요."

"바로 알아보겠습니다."

모스크바에서 진행되는 일은 변수가 많이 발생했다.

물론 그 변수 덕분에 러시아제정 시대의 보물을 얻게 되었고, 제련 공장까지 인수하는 결과로 이어졌다.

문제는 그 때문에 체류해야 하는 기간이 더 늘어날 수밖에 없었다.

모스크바 지사에서 일하는 고려인 3세들은 모두 열심이

었다.

내가 처음 생각했던 것보다도 회사를 위하는 것이 보통이 아니었다.

자발적으로 야근하는 것은 물론이고 회사에 도움이 되는 일이라면 자기 일처럼 나서서 최선을 다했다.

한국에 돌아가도 이들이 있다면 모스크바와 블라디보스토크는 안심해도 될 것 같았다.

문제는 아직 해결 방법을 제시하지 못한 세레브로 제련 공장의 인력들이었다.

지금의 공장 운영 상태라면 남아도는 인력에게 일거리를 줄 수 없었다.

문제는 광물을 생산하는 광산은 생각보다 인수가 까다로웠고 인프라(생산이나 생활의 기반을 형성하는 중요한 구조물. 도로, 항만, 철도, 발전소, 통신 시설 따위의 산업 기반과 학교, 병원, 상수·하수 처리 따위의 생활 기반)를 제대로 갖춘 광산은 상당히 비쌌다.

더구나 소련은 아직은 광산이나 지하자원 개발에 있어 외국 회사의 투자를 받지 않고 있었다.

"모두를 끌고 갈 수는 없는데."

이전 공장장과 회사에 손해를 끼칠 수 있는 인물 몇몇을 퇴사시켰지만 그걸로 끝난 것은 아니었다.

더구나 나는 자선사업가가 아니었다.

회사를 운영하면서부터 회사의 이익을 우선시할 수밖에 없었고 그래야만 직원들에게 더 많은 것을 해줄 수 있었다.

또한 제련 공장에서 근무하는 인원들 대다수가 한국이나 다른 서구 회사의 인원들보다 생산성이 현저히 뒤떨어졌다.

낙후된 생산 설비도 문제였지만 생산성이 떨어지다 보니 많은 인력으로 그 부분을 커버하면서 운영해 온 것이다.

소련 정부의 보조금이 줄어들고 경기가 위축되자 공장이 어려움에 부닥칠 수밖에 없었다.

한마디로 경쟁력이 떨어지는 회사였다.

내가 원하는 만큼의 회사가 되기 위해서는 인력 조정은 반드시 필요했다.

문제는 퇴직한 인원의 생계가 문제였고 그들을 나 몰라라 할 수가 없었다.

"뭘 그리 생각하십니까?"

김만철이 들어온 것도 모른 채 생각에 잠겨 있었다.

"아, 예! 다른 게 아니라 제련 공장의 인원 정리 때문에요. 광산 인수도 힘들고 갖고 기존에 거래처들도 일거리가 없으니, 인수는 했는데 운영이 쉽지 않을 것 같아서요."

"저는 그런 거 머리 아파서 생각하기도 싫습니다. 한데 그냥 다 나가라고 하면 안 되겠죠?"

"가족들의 생계가 달린 문제인데요. 알아보니까 소련 정부에서 나오는 배급도 받기 힘들더라고요. 인수할 때 좀 더 알아봐서야 하는데, 조금은 급하게 서두른 점이 있네요."

"음, 그럼 남은 인력에게 경비 업무를 시키시지요. 앞으로 판매점을 더 늘리신다고 하지 않으셨습니까? 아까 낮에도 경찰이 아니었으면 큰 사고가 날 뻔했었는데, 경비들이 있었으면 사전에 자체적으로 해결할 수도 있으니까요"

김만철의 말이 정답은 아니었지만 대안은 될 수 있었다.

더구나 얼마 뒤 소련에서 쿠데타가 일어나면 식료품점과 상점들이 약탈당할 것이 뻔했다.

미래를 대비한다는 점에서도 나쁜 제안이 아니었다.

"그럴까요? 김 과장님이 경비 업무에 관련된 훈련을 도와주시면 나쁘지 않을 것 같은데요."

"명령만 내리십시오. 저야 대표님의 시키시는 일이라면 뭐든지 할 수 있습니다."

"하하! 너무 맹목적이시면 곤란합니다."

"제 목숨을 두 번이나 위기에서 구해주셨는데, 맹목적으로 될 수밖에 없습니다."

김만철의 말에는 전적으로 나를 신뢰한다는 뜻이 담겨 있었다.

물론 그의 말처럼 위험을 무릅쓰고 그를 도와준 것도 사실이다.

"한데 정 대리님은 개인적인 일이 마무리되지 않았나 보죠?"

티토브 정은 아직 회사에 나오지 않았다.

그는 나에게 3~4일 정도 시간을 달라고 했었다.

한데 그 시간이 벌써 일주일이 다 되어가고 있었다.

"저도 거기까지는 모르겠습니다. 개인사는 잘 물어보지 않아서요."

"알겠습니다. 그럼 제련 공장에 연락해서 업무를 변동할 사람들을 알려드리겠습니다."

"그럼 저도 준비하고 있겠습니다."

김만철이 사무실을 나간 후, 여러 가지 생각이 들었다.

전혀 생각지도 못한 인연들과의 만남이 마치 새로운 삶 이전부터 준비된 것처럼 느껴질 때가 있었다.

방금 사무실을 나간 김만철을 비롯하여 이곳 소련 땅에서 만난 모두가 그랬다.

또 다른 인연은 세레브로 제련 공장을 정상적으로 만들기 위해 구조조정 된 인원들로 만들어진 경비 조직은 훗날 러시아에서 최고의 경비회사로 자리 잡게 된다.

삼 일 뒤 세레브로 제련 공장을 떠나게 된 인원은 총 19명이었다.

그중 다섯 명은 아예 회사를 그만두었고 나머지 열네 명은 정상적인 급여를 받을 수만 있다면 경비 업무도 마다치 않겠다고 말했다.

열여덟 명이 근무할 정도로 회사가 크지는 않지만 약속한 대로 원하는 모두를 회사에서 내보내지 않았다.

대신 업무에 따른 급여는 조종이 이루어졌다. 회사는 자선단체가 아니었다.

회사의 이익이 나야지만 회사 직원들에게 원하는 급여를 지급할 수 있었다.

현재 가장 중점적으로 경비 인력이 투입돼야 할 곳은 금괴가 보관된 스베르 건물이었다.

스베르는 내부수리를 진행하지 않고 있었다.

아직은 스베르를 이용할 만큼의 회사 인력이 많지 않았다.

스베르 건물은 원래대로라면 신세계백화점이 인수해 복합쇼핑몰로 꾸미려고 했었다.

쇼핑몰이나 백화점으로 꾸밀 정도로 큰 건물인 스베르를 제대로 사용하려면 아직 시간이 필요했다.

뒤편으로 넓은 공간이 있는 스베르에 경비 인력들이 훈련할 수 있는 장소로 꾸몄다.

다행인 것은 경비 인력에 대한 훈련이 시작될 때 즈음 티토브 정이 돌아왔다.

김만철이 혼자서 열네 명을 상대하기가 쉽지 않았다.

더구나 김만철은 러시아어가 그리 능숙하지가 않았다.

또한 우리가 처음 모스크바에 도착했을 때 안내를 맡았던 일린이 찾아왔다.

호도르콥스키 밑에 있었지만 크게 자신이 해야 할 일이 없자 나를 찾아왔다.

호도르콥스키에 들었는지 내가 경비회사를 만든다는 소리에 찾아온 것이다.

28살이라고는 전혀 보이지 않는 순박한 외모지만 그 속에 감추어진 실력이 대단한 친구였다.

더구나 일린은 소련 특수부대인 스페츠나츠 출신이었다.

"여기서 일하면 초코파이와 도시락라면을 실컷 먹을 수 있겠죠?"

일린이 나에게 찾아와 던진 말이었다.

"물론, 열심히만 해준다면."

나는 그에게 만족할 대답을 해주었다.

그가 나를 찾아온 또 하나의 이유였다.

처음 만났을 때 그에게 초코파이 한 상자와 도시락라면 다섯 개를 주었었다.

일린은 그 맛을 잊지 못해 모스크바에 위치한 수입상점가를 찾았다.

그중 두 곳에서 초코파이와 도시락라면을 팔고 있었지만 가격이 만만치가 않았다.

문제는 제품의 가격이 자신이 받는 급여로는 감당할 수 없을 정도로 비쌌다.

몇 박스 사고 나면 한 달 급여가 다 날아갈 정도였다.

두 제품 다 한국을 떠나 블라디보스토크로 다시 모스크바로 이동하면서 물건 가격은 배로 뛰었다.

물류비용에다가 중간 상인들이 이윤을 높게 붙여 판매했기 때문에 가격이 한국에서 판매했던 것보다 서너 배나 비쌌다.

더구나 대부분 보따리상이 수입했기 때문에 물량마저 적어 가격이 높게 형성될 수밖에 없었다.

아직은 도시락라면을 취급하는 수입상이 몇 군데 되지는 않았지만, 노브이 아르바트 거리에 위치한 판매장보다 가격을 두 배나 높게 받고 있었다.

그러다 보니 도시락라면의 맛을 본 사람들이 아르바트 판매장으로 몰릴 수밖에 없었다.

시간이 지날수록 도시락라면에 대한 소문이 더 퍼져 나가고 있었다.

화물열차의 고장으로 하루 늦게 들어왔던 도시락라면 삼천 박스도 사흘 만에 모두 팔려 나갔다.

공식적인 홍보라고 해야 시식 코너를 하루 동안 운영한 것이 전부였다.

예상했던 것보다도 도시락라면에 대한 인기가 훨씬 대단했다.

아르바트 판매장 주변에 있는 상점들에서도 도시락라면에 대한 구매 방법을 물어오기 시작했다.

사실 직판장을 운영하는 것보다 대량으로 도시락라면을 유통해야만 했다.

단순히 모스크바에 판매장 하나를 냈다는 것에 만족할 것이 못되었다.

일린이 경비원 훈련에 참여하자 훈련은 더욱 체계적이고 구체화 되었다.

그리고 단순히 건물의 경비원으로만 생각했던 제련 공장의 인력들은 입에 단내가 날 정도로 훈련을 받아야만 했다.

고된 훈련 때문인지 열네 명의 인원 중에서 세 명이 다시 회사를 그만두었다.

나머지 인원들은 꽤 잘 버티고 있었다.

앞으로 소련에서 벌어질 일 때문이라도 제대로 된 경비 인력을 만들어야만 했다.

조금은 고되고 거친 훈련이 지금 이들에게도 도움이 될 수 있었다.

　남은 사람들은 다들 삼사십 대로 대부분 가정을 꾸민 인물들이었다.

　훈련 과정은 한 달간이었고 격투 훈련과 실제 권총으로 사격 연습까지 했다.

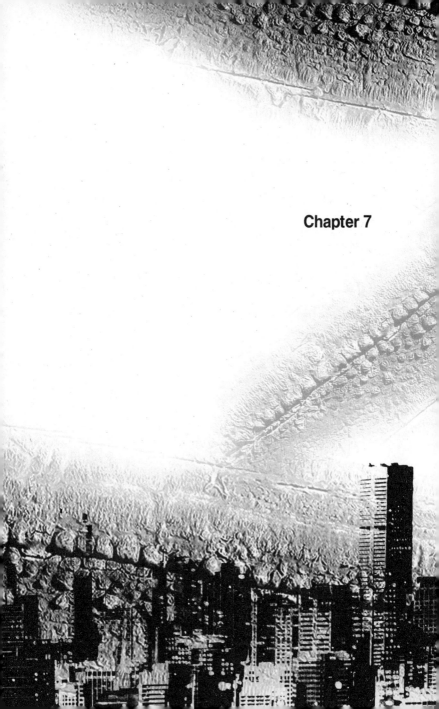

Chapter 7

　방학을 맞은 대학가는 한가했다.

　"여기 있습니다. 다들 방학이라 돌아다니기 바빠서 집에
있을지 모르겠네요."

　경영학과 행정을 담당하는 여직원이 전화번호를 적어 한
남자에게 내밀었다.

　"하하! 그러겠지요. 정말 강태수 학생을 꼭 만나고 싶었
는데 하여간에 고맙습니다."

　"도움이 되었다니 잘되네요. 어머니께서 태수 학생에게
큰 도움을 받았다니 고마우셨겠네요."

"그럼요. 태수 학생이 아니었으면 어머니가 그냥 길거리에서 돌아가실 뻔했습니다. 어떻게든 만나 고맙다는 인사라도 전하려고 합니다."

여직원에게 말을 건네는 인물은 다름 아닌 도운이었다. 그는 여직원을 안심시키기 위해 시립병원에서 내밀었던 경찰신분증을 보여주었다.

"저희 학생이 그런 좋은 일을 했다니 저희도 자랑스럽네요."

"자랑스러워하실 만합니다. 그럼 저는 태수 학생에게 연락을 해보겠습니다."

"예, 안녕히 가세요."

행정과 여직원에게 인사를 건네는 도운의 얼굴은 전과 달라져 있었다.

이전에는 볼 수 없었던 이마의 주름과 턱에는 수염이 나 있었다.

본래의 도운보다도 15년은 더 나이가 들어 보였다.

행정실이 있는 건물을 나서던 도운은 건물 입구에 위치한 화장실 안으로 들어가 자신의 얼굴을 잡아당겼다.

그러자 정교하게 만들어진 인피면구가 도운의 손에 뜯겨 나왔다.

"후후! 이제 놈이 있는 곳으로 가볼까."

그는 얼굴에 의미심장한 웃음을 짓고 있었다.

자신에게 씻을 수 없는 치욕을 준 강태수에게 반드시 복수해야만 했다.

더구나 강태수는 백야의 인물과 접촉한 인물이었을 뿐, 백야의 인물은 아니었다.

그런 근본도 없는 놈에게 어이없이 당했다는 것이 도운은 도저히 참을 수 없었다.

또한 백야을 아는 인물들도 없어야만 했다.

이 땅에서 반드시 백야의 흔적을 완전히 지워 버려야만 흑천의 세상이 하루빨리 올 수 있었다.

앞으로 오육 년만 지나면 흑천은 어둠이 아닌 밝은 세상으로 나와 마음껏 활보할 수 있었다.

그렇기 위해서는 백야가 존재했다는 것조차도 알 수 없게 만들어야만 했다.

*   *   *

경기도 이천에 자리 잡은 도시락라면 공장이 바빠졌다.

소련으로 보냈던 3만 박스가 모두 팔려 나갔다는 소식이 전해진 후였다.

이틀 뒤에 다시금 소련으로 보낼 3만 박스를 보내려면 부지런히 생산해야만 했다.

팔도라면에 납품해야 할 물량도 있었기 때문에 모처럼만에 야간근무까지 하면서 공장을 돌리고 있었다.

"허허! 정말 말이 나오지가 않네. 삼만 박스가 일주일도 되지 않아서 다 팔렸다고."

도시락 회사의 80% 지분을 갖고 있는 김대철 사장은 재무담당 과장의 보고에 허탈해했다.

삼만 상자는 국내에서 한 달 동안 소비되는 양이었다.

재무담당 과장은 김대철 사장을 통해서 도시락라면에 입사한 인물이었다.

이름은 이규동이었다.

"예, 블라디보스토크에서 대부분 팔려 나갔지만, 모스크바에서도 7천 박스나 팔렸다고 합니다."

"3만 박스면 한 박스에 24개가 들어가니까… 모두 2억 8천8백만 원이 아닌가?"

김대철은 항상 휴대하고 다니는 낡은 계산기를 두드리며 말했다.

"예, 팔도라면에서 한 달 동안 국내에서 판매되는 양입니다."

"이거 정말이지 제대로 뒤통수를 맞았네. 해외에 수출되는 물량에서 나오는 이익은 모두 강 사장에게 가는 것 아닌가?"

김대철은 확인하듯 물었다.

"예, 해외 수출에 관한 것들은 강태수 사장에게 권한을 주게 되어 있어서……."

이규동은 말끝을 흐렸다.

"난놈이라고 생각했지만, 이 정도였는지는 몰랐네. 인수 보고서를 제출했던 놈들은 다 헛똑똑이였단 말이야. 외국에서 최고 학부를 나왔다고 큰소리치더니만 그놈들 말이 죄다 틀렸잖아."

김대철은 기분이 좋지 않았다.

이천 공장을 인수하기 위해서 실사 보고서를 외부에 의탁했다.

조사에 참여했던 인물들 면면이 외국에서 석사까지 마친 인재들이었다.

회사는 잘 돌아가고 있지만, 실질적으로 자신에게 돌아오는 이익은 별로 없었다.

해외 수출 물량에서 나오는 이익은 모두 강태수에게 돌아오게 되어 있었다.

"그게 정확히는 모르겠지만, 강태수 사장이 소련에서 물주를 잡은 것 같습니다. 그렇지 않고서는 이렇게 빨리 판매량이 많아질 수 없습니다."

"자네가 강 사장을 몰라서 그래. 나이는 어리지만 앞을 내다보는 선견지명(先見之明)을 갖고 있어. 내가 그걸 너무 작게 보았던 거야. 하여간에 소련에서 돌아오면 계약서를 다시 한 번 정리할 수 있도록 준비해. 아무리 강 사장이라고 해도 내 돈이 80% 이상 들어갔는데, 나한테 떨어지는 것이 너무 없어."

김대철은 새로운 계약을 하려는 마음을 먹었다.

"이미 계약서가 작성되었는데 어떻게 또?"

"돈 주고 사와야지. 강 사장이 다 먹게 할 수는 없잖아. 나도 장사꾼인데, 안 그래?"

"예, 그렇긴 하죠. 그럼 어떤 식으로 계약서를 바꿔야 할까요?"

감이 잡히지 않는 이규동은 조심스럽게 물었다.

"강 사장에게 미국이나 일본에 수출하는 것은 우리가 하겠다고 하면 될 거야. 뭐, 소련은 이미 강 사장이 자리를 잡았으니까 할 수 없고."

김대철은 돈을 주고서라도 계약서를 바꿀 심사였다.

생각해 보니 소련에 판매되어 나가는 수량이 그 정도라면 그보다 더 큰 시장인 미국이나 일본은 더 큰돈이 될 수 있겠다는 생각이었다.

대한민국 최고라는 놈들이 작성한 보고서는 맞지 않았다.

도시락라면은 충분히 외국에 통할 수 있었고 그걸 강태수가 보여주었다.

강태수가 도시락라면에 왜 그토록 집착했는지 이제야 이해가 되었다.

"한데 강태수 사장이 그걸 허락할까요? 계약서를 작성한 지도 얼마 되지 않았는데."

"되게 만들어야지. 강 사장에게 필요한 걸 주고 나 또한 필요한 걸 가져오면 되는 거야."

김대철은 사채업자에서 벗어나기 위해 라면 공장을 인수했지만, 이 사업이 돈이 된다면 이야기는 달라질 수 있었다.

돈 버는 일에서는 누구에게도 뒤져본 적이 없었다.

라면 사업은 돈이 될 수 있었다.

이러한 느낌이 들 때마다 김대철은 과감하게 투자했고 대부분 성공했었다.

*　　　*　　　*

소련에서의 일정이 다 끝나가고 있었다.

본래 일정보다 2주나 더 머물렀었다.

국내에도 처리해야 할 일이 많아져서 더는 일정을 미룰 수가 없었다.

더구나 하루에 한 번꼴로 전화하는 소냐 때문이라도 한국으로 돌아가야만 했다.

소냐는 하루라도 빨리 한국으로 들어가길 원했고 그에 따른 제반적인 작업들을 마쳐놓고 있었다.

블리노브치의 영향력 때문인지 한국으로 들어갈 수 있는 서류 작업들이 일반 사람들보다 훨씬 빨리 끝마칠 수 있었다.

"제가 없더라도 남아계신 분들이 열심히 해주리라 믿습니다. 한국에서의 문제를 해결하고 바로 돌아오겠습니다."

나는 빅토르 최를 비롯한 회사 관계자들을 불러 이야기를 나누었다.

모스크바의 사업장과 사무실 등이 어느 정도 정리가 되었다.

대부분 급한 일도 정리된 상태라 내가 없어도 모스크바 지사는 잘 돌아갈 것 같았다.

더구나 직원들 모두가 열심이라서 믿고 맡길 수 있었다.

가로수길에 짓고 있는 건물과 블루오션에서 새롭게 개발

에 들어간 무선호출기 등과 관련된 일을 마치면 곧바로 소련으로 돌아와야만 했다.

1991년 8월 19일 모스크바 시각으로 오전 6시 30분 소련에서는 쿠데타가 일어나는 날이었다.

그에 대해 만반의 준비를 해놓아야만 했다.

*　　　*　　　*

한국으로 함께 들어가는 사람은 티토브 정이었다.

김만철은 한국으로 들어가기 위한 서류 작업이 아직 끝나지 않았다.

나는 그를 소련에서 태어나고 자란 고려인 3세로 바꾸려고 했다.

모든 작업이 끝나는 대로 그를 한국으로 불러드릴 예정이었다.

김만철은 나와 함께할 수 없자 티토브 정에게 나에 대한 안전을 신신당부했다.

한국은 안전한 곳이라는 것을 김만철도 알고 있었지만 사람 일은 모르는 것이었다.

나는 티토브 정에게 아직까지 백야에 관한 말을 꺼내지 않았다.

아직은 그에게 백야에 대한 이야기를 나눌 여건이 아니었다.

내가 떠난 후에도 김만철은 일린과 함께 경비원 훈련을 끝내야만 했다.

두 사람에게는 소련에서 일어나는 쿠데타에 관한 이야기는 하지 않았다.

하지만 어떠한 일이 일어나도 회사 건물들과 직원들을 보호할 수 있게 해달라는 부탁을 했다.

두 사람 단순히 건물 경비만을 위한 경비 훈련에서 벗어나 호송 업무와 경호까지 더욱 체계적인 업무를 할 수 있도록 훈련을 수정했다.

두 사람이 가지고 있는 능력으로 충분히 해낼 수 있었다.

훈련을 받고 있는 인원들 대부분도 군대를 갔다 왔기 때문에 거칠고 힘든 훈련을 잘 소화해 내고 있었다.

소련에서 쿠데타가 일어나면 지켜야 할 것이 많아졌기 때문에 이들의 업무도 상당히 중요했다.

*　　　　*　　　　*

모스크바를 떠나는 전날 호도르콥스키는 나를 저녁 식사 모임에 초대했다.

새롭게 소련의 정치 경제를 이끌어가는 인물들이 한자리에 모이는 모임이었다.

나는 그 자리에서 보리스 옐친을 보았다.

보리스 옐친 현재 15개의 소련연방 중의 하나인 러시아공화국 대통령이었다. 러시아는 15개 연방구성 15개 공화국 중 하나였다.

보리스 옐친은 우랄산맥 부근 부트카촌(村) 농가에서 태어나 공업도시 스베르들롭스크에서 성장하였다.

건축기사로 지내다가 1961년 공산당에 입당, 1976년 스베르들롭스크공산당 중앙위원회 제1서기를 거쳐 1981년 소련공산당 중앙위원이 되었으며, 이때부터 고르바초프와 친분을 맺기 시작하였다.

1985년 미하일 고르바초프가 소련공산당 서기장이 되면서 옐친은 그에 의하여 모스크바시 당 제1서기와 당 정치국 후보위원으로 발탁, 일약 중앙정계로 부상하였다.

그러나 1987년 당 중앙위원회에서 당의 개혁 의지 부족을 비판하고 급진적인 개혁을 요구하다가 당내 보수 세력에 의하여 정치국으로 밀려났다.

그 후 더욱 급진적 개혁 논리를 주창, 수구적 자세를 맹렬히 공격하면서 개혁에 필요한 사회적 분위기 조성에 주도적 역할을 하여 대중의 절대적 지지를 얻었으며, 1989년 새로 구성된 소련인민대표대회의 선거에서 압도적인 표차로 당선되었다.

의회 내에서 공산당 권력독점의 폐기를 주장하는 야당세력을 이끌어 오다가, 1990년 5월 57%의 득표로 러시아공화국 대통령에 당선됨으로써 권력의 핵심부로 군림하게 되었다.

현재 급진적인 개혁 정책을 추구하는 옐친은 미온적은 개혁 의지를 추구하고 있다면 고르바초프를 비판하고 있었고, 두 사람과의 관계가 틀어진 상태였다.

오늘 자리를 함께한 인물들은 옐친의 급진 개혁 정책을 지지하는 인물들이었다.

호도르콥스키 또한 옐친을 후원하는 젊은 기업인 중의 하나였다.

"나는 소련의 주권과 15개 공화국의 평등 및 독립을 지지하며, 그것이 연방(소련)을 강화하는 길이 될 것입니다. 이미 공산당의 뒤처지고 낡은 경제 정책은……."

코스모스호텔의 연회실에 울려 퍼지는 옐친의 목소리는 힘이 있었다.

연회실을 가득 채운 인물들을 나는 천천히 둘러보았다.

앞으로 소련연방이 해체되고 러시아연방공화국으로 국가명을 바꾼 후부터 러시아를 이끌어가게 되는 인물들이

이 자리에 자리 잡고 있었다.

짝짝짝!

옐친의 연설이 끝나자 모든 사람이 일어나 손뼉을 쳤다.

"옐친이 정권을 잡으면 우리가 사업하기가 더 수월할 것입니다."

호도르콥스키와 나는 맨 뒤쪽에 자리 잡고 있었다.

'후후! 정권을 잡는다고 말을 해주어야 하나.'

"그렇게 될 수 있겠죠. 많은 사람이 지지를 보내고 있지 않습니까."

"그렇게 보시나요? 요새 보수 세력과 공산당이 다시금 목소리를 내고 있어서 걱정입니다."

"시대 흐름에 역행할 수는 없지 않습니까? 소련 국민들도 이제는 많이 달라지지 않았습니까."

"하하! 그렇지요. 역시 보통의 안목이 아니십니다."

그때였다.

보리스 옐친이 여러 사람과 악수를 하면서 우리가 있는 자리로 오고 있었다.

"안녕하십니까? 호도르콥스키입니다."

호도르콥스키는 그 기회를 놓치지 않았다.

옐친이 러시아공화국 대통령으로 출마했을 때에 그는 직접 옐친의 사무실을 찾아 선거자금을 후원하기까지 했었다.

"오! 호도르콥스키 잘 지내고 있나?"

옐친은 호도르콥스키를 아는 체했다.

"예, 염려해 주신 덕분에 사업도 순조롭게 하고 있습니다."

"좋은 소식이군. 한데 옆에 있는 분은 어느 나라 분인가? 일본에서 오셨나?"

옐친은 나를 보며 말했다. 연회장에 참석한 유일한 외국인이었다.

대부분의 소련 사람은 동양인을 일본이나 중국인으로 보았다.

"아닙니다. 저는 남한에서 왔습니다."

"하하! 이런 내가 실수했네. 우리나라 말을 아주 잘하십니다."

"감사합니다. 연설을 아주 감명 깊게 들었습니다."

"고맙습니다. 앞으로 소련연방이 나아가야 할 방향이지요. 모스크바는 어쩐 일로 오셨습니까?"

옐친은 나의 말에 만족한 표정을 지었다.

"여기 있는 강태수 씨는 소련연방에 투자하기 위해 방문하신 사업가입니다. 벌써 모스크바 사업장을 두 곳이나 열었습니다."

호도르콥스키의 말에 옐친은 놀라는 눈치였다. 그 또한

나를 사업가로 보지 않았다.

"하하! 소련도 이런 젊은 사업가가 많이 나와야 국민들이 더욱 행복한 생활을 할 수 있는 것입니다. 여기 내 사무실이 전화번호입니다. 어려운 문제가 발생하면 연락하세요."

전혀 생각지도 않게 옐친이 비서에게서 명함을 받아 나에게 건넸다.

명함에는 러시아공화국 대통령 보리스 옐친이라 적혀 있었다.

옐친은 15개 공화국으로 되어 있는 소련연방 중에서 러시아공화국 대통령이었다.

명함을 건넨 옐친은 나에게 손을 내밀어 악수를 청하고는 연회실을 떠났다.

"강 대표님이 이곳에 오신 보람이 있네요. 요즘 들어 옐친은 떠오르는 별과 같습니다. 이전만큼 고르바초프 대통령이 영향력을 행사하지 못하고 있습니다."

호도르콥스키의 말처럼 고르바초프의 페레스트로이카(개혁개방)정책은 위기에 처해 있었다.

문제는 여러 가지 부작용이 일어나는 속에서도 정치개혁과 사회 전반의 민주화, 새로운 외교는 나름대로 커다란 족적을 남기고 있었으나, 페레스트로이카의 핵심이라고 할 수 있는 경제의 활성화 기미는 좀처럼 보이지 않았다.

개혁 초기의 2년, 1985년~1986년에는 노동 생산성과 공업 생산, 농업 생산이 크게 호전되고 있었는데, 오히려 각종 경제 권한의 기업 이양, 사기업 허용, 협동조합 자율화 등의 조처가 내려진 뒤로는 산업 생산이 계속 정체 상태를 벗어나지 못하고 있었다.

페레스트로이카를 통해서 사회주의경제 시스템을 바꿔 보려고 노력했지만 경직되고 폐쇄적인 관료구조, 원재료의 낭비와 비효율성, 신기술의 도입 지연, 낙후된 물류 시스템의 유통 정비가 늦어져 농산물의 생산이 충분히 있었다고 해도 그것이 소비자에게 도착하기도 전에 부패해 버리는 일이 많았다.

그 때문에 암시장과 같은 지하경제나 독직(瀆職)이 만연했으며, 공산귀족 즉, 특권을 누리는 공산당 고위간부들이 배를 불리는 부패가 벌어졌다.

폐쇄적인 관료체제는 이 위기를 은폐함과 동시에 심화시키는 역할을 했다.

생산량과 경제 수치의 조작이 다반사로 행해졌고, 힘있는 사람들을 중심으로 지하경제가 형성되기 시작했다.

국가 재산이 빼돌려져 암거래됐고, 말보로 담배나 리바이스 청바지 등 많은 서방의 제품이 어둠의 경로를 통해 유통되어 고가로 거래되었다.

내가 인수했던 세레브로 제련 공장 또한 원재료의 공급 부족으로 문을 닫을 수밖에 없었었다.

1990년 소련의 GDP는 2조 6,600억 달러였다.

현재 소련은 정치적으로도 혼란스러운 상황이었다.

동유럽의 대변혁은 부메랑이 되어 소련으로 되돌아왔다.

시장경제의 도입 요구가 거세지면서 자본주의를 선호하는 사람들의 목소리가 높아갔고, 발트 연안 3개 공화국을 중심으로 탈소 독립운동이 열기를 더해갔다.

또한 정통보수파와 개혁주도파는 경제와 사회 전반의 위기를 극복하고 사회주의를 재건하려는 목적은 같았으나, 정통보수파가 더 이상의 개혁 진행, 특히 시장요소의 급속한 도입은 사회주의의 붕괴를 가져온다고 생각하여 반대했다.

그러나 개혁주도파는 개혁을 계속 진전시키고 시장경제를 도입해야 사회주의를 구할 수 있다고 생각했다.

급진개혁파는 그에 반해, 사회주의를 포기하고 자본주의의 길로 전환해야 소련이 산다고 주장하기 시작했다.

급진개혁파의 선두에는 보리스 옐친이 있었다.

"하하! 덕분에 정말 만나기 힘든 분을 만났습니다."

"저도 우리 자리로 올지는 솔직히 몰랐습니다. 단지 이곳에 참석한 분들과 유대관계를 맺으면 좋겠다는 생각에 초대한 것이었지요."

그의 말처럼 지금 연회실을 채우고 있는 사람들은 경제인뿐만 아니라 경제 개혁의 결과로 새롭게 등장한 기업가와 상인들, 글라스노스트(개방·정보공개·언론자유)로 주가가 급상승한 저널리스트·작가·예술가·연예인·학자 등의 각종 전문 지식인들이었다.

이들 모두가 옐친이 주장하는 급진적인 개혁과 사회주의 계획 경제의 대안으로 떠오른 자본주의 경제 도입을 지지하고 있었다.

지금 당장 중앙통제 계획 경제가 갖고 있던 경직성과 원재료 활용의 비효율과 낭비에서 탈피하여 하루빨리 경제를 활성화하는 것이 시급했다.

자본주의 시장경제체제가 현재 소련 경제가 처해 있는 골치 아픈 문제점들을 한꺼번에 해결해 줄 수 있을 것으로 믿고 있었다.

"고맙습니다. 한국에 오시면 제가 정말 제대로 대접하겠습니다."

"하하! 저야 좋죠, 저쪽으로 가시죠. 제가 소개해 드릴 분이 있습니다."

호도르콥스키를 통해서 여러 사람을 만날 수가 있었다.

코스모스호텔의 연회실에서 만난 인물들과의 인연은 훗날 큰 위기에서 벗어날 수 있게 되는 계기가 되었다.

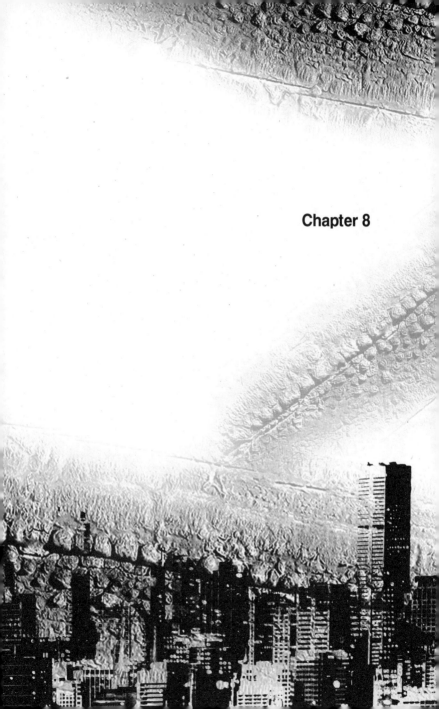

Chapter 8

모든 일정을 정리하고 모스크바에서 한국으로 가는 비행
기를 탔다.

한국으로 가는 옆자리에는 소냐가 함께했다.

소냐는 블라디보스토크에서 전날 모스크바행 비행기를
타고 날아왔다.

블라디보스토크에서 함께 배를 타고 가기로 한 일정이
바뀌었다.

원래는 블라디보스토크의 매장을 방문한 후에 가려고 했
지만, 소냐가 하루라도 빨리 소련 땅을 벗어나길 원했기 때문이었다.

블라디보스토크의 정적들을 모두 제거한 그의 아버지 블리노브치는 모스크바에 진출하기 위해 준비 중이었다.

극동지역의 패자로 떠오른 블리노브치의 야심은 젊은 사람 못지않았다.

더구나 레스토랑에서 벌어진 장용준 총격사건으로 인해서 모스크바에서 가장 강력한 영향력을 발휘하고 있던 솔은쩨(태양) 조직이 위축된 상황이었다.

블리노브치는 솔은쩨와 세력다툼을 벌이고 있던 손체보와 손을 잡았다.

손체보는 모스크바 남서부 손체보 지역에 자리 잡은 마피아였다.

또다시 마파아 간의 새로운 전쟁이 시작되면 이전처럼 소냐가 표적이 될 수 있었다.

블리노브치도 소냐가 얼마간 소련을 떠나기를 원했다. 그 기간에 모스크바에 자리를 잡을 생각이었다.

블리노브치는 나에게 전화를 걸어 다시 한 번 소냐를 부탁한다는 말을 건넸다.

그는 소냐를 경호하기 위해 경호원을 한국에 동행시키려고 했지만 소냐가 강력하게 거부했다.

블리노브치는 나에게 안전하게 소냐가 공부를 마치고 소

련으로 돌아오면 블라디보스토크의 도시락라면 판매장이
위치한 건물을 절반 가격으로 넘겨주겠다고 했다.

＊　　　＊　　　＊

긴 비행을 끝내고 비행기가 김포공항에 무사히 착륙했
다.

2주 정도를 생각했던 소련 출장은 한 달이 넘어서야 한국
으로 돌아올 수 있었다.

출국장을 나서는 나에게 사람들의 시선이 모여졌다.

그 이유는 다름 아닌 나와 함께 걷고 있는 소냐 때문이었
다.

푸른 눈에 아름다운 금발, 그리고 웬만한 모델 저리 갈
정도의 미모와 몸매는 사람들의 이목을 끌 수밖에 없었다.

더구나 1991년도에는 한국인 남자가 미모의 외국 여인과
함께한다는 것은 드문 일이었다.

"사람들이 자꾸 쳐다보네요. 태수가 이곳에서 유명한 사
람인가 봐?"

동갑내기인 소냐와는 말을 놓기로 했다.

"하하! 아니야. 날 보는 게 아니라 소냐를 쳐다보는 거
야."

"아니, 왜? 내 얼굴에 뭐라도 묻었나?"

소냐는 손가방에서 콤팩트를 꺼내서 자신의 얼굴을 살폈다.

'한국에서 쉽게 볼 수 없는 금발미녀니까. 아니지, 한마디로 소냐는 엘프급 정도의 미인이지.'

"소냐가 미인이라서 그럴 거야."

"내가? 그 정도는 아닌데."

소냐의 크고 아름다운 파란 눈이 나에게로 향했다.

그녀의 눈은 정말 매력적이었다.

'눈이 정말 백만 불짜리야.'

"아니야, 소냐는 미인이야. 물론 금발에 파란 눈을 가진 사람이 한국에는 거의 없긴 하지만 말이야."

"음, 그래서 다들 쳐다봤구나. 소련에서는 흔하게 볼 수 있는데."

'소냐 같은 여자는 흔하지 않습니다.'

"어서 가자. 기다리는 사람들이 있잖아."

"어, 그래."

나와 소냐는 공항을 나와 택시에 올라탔다.

우리가 향한 곳은 가인이와 예인이가 있는 송 관장의 집이었다.

송 관장이 떠나면서 그가 사용했던 방이 비어 있었다.

가인이와 예인이에게는 아직까지 소냐에 대한 구체적인 이야기를 하지 않았다.

단지 전화상으로 소련에서 알게 된 친구가 한국에서 학교를 다니고 싶어 한다는 말을 했을 뿐이었다.

택시가 송 관장의 집 앞에 도착했을 때 가인이가 약수통을 들고서는 위에서 걸어 내려오고 있었다.

가인이가 나를 보자마자 부리나케 달려왔다.

"오는 시간을 말했으면 공항으로 마중 나가잖아."

"비행기 시간이 조금 연착되어서 나왔으면 많이 기다렸을 거야."

"기다리면 되지 뭐."

그때 소냐가 택시 트렁크에서 꺼낸 여행용 가방을 들고서는 나와 가인이가 있는 쪽으로 왔다.

가인이는 택시에 가려져 있던 소냐를 보지 못했었다.

"태수가 말하던 여동생이야?"

소냐는 가인이를 보며 말했다.

영어로 말을 했지만 가인이는 충분히 알아들을 수 있었다.

소냐를 보는 순간 가인이의 표정이 순간 바뀌었다.

나는 바뀐 그녀의 표정을 알아채지 못했다.

"소냐, 인사해. 여긴 송가인이고 이 집에서 함께 생활하게 될 친구야."

내 말에 가인이의 미간이 살짝 찡그려졌다.

"안녕, 소냐라고 해."

소냐는 밝은 미소를 지으며 가인이에게 악수를 하기 위해 손을 내밀었다.

"같이 산다는 말이 무슨 말이지?"

가인이는 웃는 얼굴로 소냐가 내민 손을 잡았지만 입에서 나온 말은 나에게로 향했다.

가인이의 말투가 조금 싸늘하게 바뀌었다.

"어, 그게… 일단 들어가서 이야기하자. 외국에서 온 손님을 밖에다가 세워놓을 수는 없잖아."

"무슨 말을 할지는 모르지만 나는 무조건 반대야. 그런 줄 알아둬."

가인이의 말에는 찬바람이 쌩쌩 불었다.

가인이는 약수통을 놔둔 채 그대로 집으로 들어가 버렸다.

소냐는 지금의 상황을 알지 못한 채 미소만 짓고 있었다.

"하하! 소냐 들어가자."

내 말에 소냐는 여행용 캐리어를 끌고는 나를 뒤따라 송관장의 집으로 들어섰다.

도서관에서 돌아온 예인이는 나를 보자마자 반가움을 한껏 표현했다.

하지만 소냐의 갑작스러운 등장에 예인이 또한 난감한 표정을 지었다.

소냐를 송 관장에 집에 머물게 하는 것은 예인이도 썩 달가워하는 눈치가 아니었다.

소냐를 위아래로 쳐다보는 눈빛에는 경계심이 깃들어 있었다.

두 자매의 경계 어린 시선을 한 몸에 받고 있는 소냐는 그제야 조금 돌아가는 분위기를 눈치챘다.

"그러니까 소냐는 서울대학교에 교환학생으로 온 거고, 2년 동안만 한국에서 공부하다가 다시 모스크바대학교로 돌아갈 거야."

나는 가인이와 예인이게 소냐와 관련된 상황을 열심히 설명했다.

"그런데 왜 굳이 우리 집에 머물겠다는 거야? 다른 곳도 많을 텐데."

가인이는 예인이보다 소냐를 경계하는 눈치였다.

"이야기했잖아. 한국에는 전혀 아는 사람도 없으니까. 그리고 내가 서울대학교에 다니고 있어서 도움이 될 수 있고."

"꼭 오빠를 통해서만 이곳에서 생활할 수 있는 게 아니잖아."

"후! 소냐는 나를 믿고 한국에 들어온 거야. 그러니까 이곳에서 생활하게 해주자."

"소련에서 무슨 일이 있었던 거야? 왜 그렇게 소냐를 못 챙겨서 안절부절못하는 거야?"

가인이는 마치 나의 애인인 양 소냐에 관해서 집요하게 캐물었다.

'가인이가 왜 이렇게 소냐를 반대할까? 설마 가인이가 질투하는 건 아니겠지.'

"어떻게 말해야 할지 모르겠는데, 소련에서……."

나는 결국 소련에서 벌어졌던 이야기를 가인이와 예인이에게 하나둘 풀어놓을 수밖에 없었다.

두 사람이 반대하면 소냐를 송 관장의 집에 머물게 할 수 없었다.

소냐가 다른 곳에 머무는 것보다 송 관장 집에 머무는 게 안전했다.

더욱이 가인이와 예인이는 소냐와 충분히 의사소통이 가능할 정도로 영어를 잘했다.

언어 소통으로 한국 생활에 적응하기가 어려움을 겪을 상황에서 두 사람의 도움이 꼭 필요했다.

물론 나도 소냐가 한국 생활에 적응할 수 있도록 돕겠지만, 회사 일로 시간이 많이 부족했다.

"그래서 소냐가 한국으로 올 수밖에 없었어. 소냐와 블리노브치 씨의 간곡한 부탁을 그냥 모른 척할 수도 없었고."

소냐의 아버지가 마피아라는 이야기는 하지 않았다.

소냐가 소련에서 생활할 수 없을 정도로 마파아에 협박을 받았고 납치까지 당했었다는 이야기를 조금 순화시켜서 말해주었다.

"음, 사정이 딱한 것은 알겠는데, 그래도 집에서 머무는 게 좀 그래. 집 안에 화장실도 하나라서 아침마다 불편할 거고."

가인이의 말투가 조금은 풀어진 것 같았다.

소련에서 소냐의 아버지인 블리노브치에게 도움을 많이 받고 있다는 말과 함께 소냐하고는 아무런 관계가 아니라는 말을 우회적으로 전했다.

"아침에 바쁘면 화장실은 공중화장실을 이용할게. 씻는 것도 마당 수돗가에서 하면 될 것 같고."

송 관장 집에서 50m 정도 위로 올라가면 공원화장실이 있었다.

"넌 어떻게 생각하는데?"

내 말에 가인이가 예인이를 바라보며 물었다.

"오빠 말을 들어보니까, 소냐 언니의 사정이 딱하네. 멀리서 온 손님을 야박하게 할 수는 없잖아."

역시나 예인이는 내가 듣고 싶어 하는 말을 해주었다.

"그래! 같이 생활하게 되면 재미있는 일도 많을 거야."

"한데 좀 수상해. 정말 소냐에게 흑심 있는 거 아냐?"

가인가 눈을 치켜뜨며 말했다.

"무슨 소리야? 정말 하늘에 두고 맹세하는데, 소냐하고는 아무런 관계가 아닙니다."

내 말에 가인이의 입가에 묘한 미소가 서렸다.

"음, 그렇게까지 말하는데, 안 되다고 하면 안 되겠지."

가인이의 입에서 소냐를 받아들이겠다는 말에 절로 한숨이 나왔다.

'후! 정말이지 사업하는 것보다 더 힘들구나.'

"환영해요. 소냐 언니."

예인이는 거실로 나가 소냐에게 인사를 건넸다.

세 사람이 부엌에서 이야기를 나누고 소냐는 거실 소파에 앉아 결과를 기다리고 있었다.

"고마워요."

예인이의 인사에 소냐의 표정이 환해졌다.

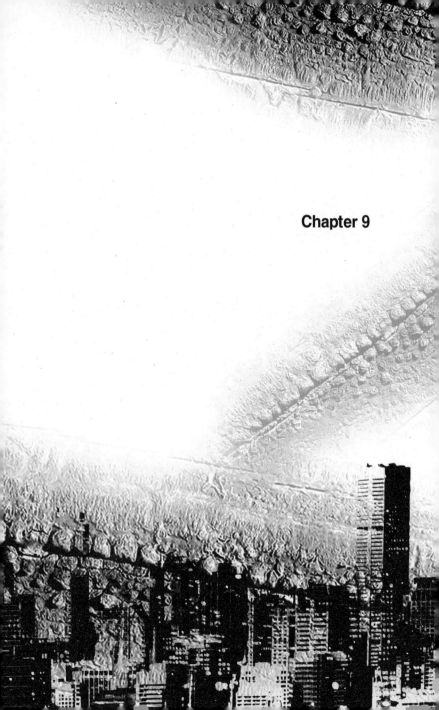

Chapter 9

　소련에서 돌아오자마자 밀린 회사 일을 처리하느라 눈코 뜰 새가 없었다.

　닉스의 신규 제품 출시의 조율과 함께 블루오션에서 개발되고 명성전자에서 생산되는 레드아이의 생산 일정까지 모든 것을 챙겨야 하기 때문이었다.

　더구나 PC 수요가 가파르게 상승하면서 드림—I와 드림—II의 생산이 바빠졌다.

　신규 생산 설비가 들어섰는데도 조립하기가 바쁘게 물건이 팔려 나갔다.

PC의 대중화가 서서히 일어나고 있는 시기였다.

아직은 가격이 만만치 않았지만 작년과 비교해서는 놀라운 성장세였다.

올해 1분기와 비교해도 판매 수치가 확 달라졌다.

명성전자는 일주일에 삼 일 정도는 야근까지 할 정도로 바쁘게 돌아갔다.

현대전자에서는 납품 물량을 좀 더 늘려달라는 공문을 보내왔다.

용산전자상가에서 팔려 나가는 조립PC 중에서 드림—I와 드림—II가 1~2위를 다투고 있었다.

일찌감치 PC 조립에 들어가는 부품들도 원활하게 공급되게끔 정리를 해놓은 것이 크게 힘을 발휘하고 있었다.

갑자기 불어닥친 PC 수요를 예측하지 못한 매장들에서는 부품을 수급하지 못한 곳이 많았다.

현금을 바로 주겠다고 해도 부품 업체들에서는 갑자기 물량을 늘릴 수가 없었다.

부품 업체들에게 어음이 아닌 꾸준히 현금을 주고 거래하는 덕분에 부품 공급에서도 우선순위로 받을 수 있었다.

블루오션의 레드아이도 시장의 반응이 뜨거웠다.

전화기를 조립해서 시장에 내어놓자마자 순식간에 팔려 나갔다.

경쟁할 만한 전화기가 없는 상황에서 이러한 분위기는 계속될 것 같았다.

다른 업체에서 유사한 전화기를 내어놓을 수 있겠지만 이것저것 따지면 작게 잡아도 5~6개월 정도 소요됐다.

더구나 대기업은 무선전화기 사업에 집중하고 있었으므로 레드아이의 선전은 계속될 것이 분명했다.

블루오션의 개발팀은 유선전화기에서 무선전화기를 건너뛰어 곧장 무선호출기 개발에 몰두하고 있었다.

명성전자나 블루오션, 그리고 닉스도 순탄하게 일이 진행되고 있었다.

*　　　*　　　*

문제는 소련에서 자리를 잡아가고 있는 도시락에서 발생했다.

도시락에 대한 모든 운영을 맡겼던 김대철 사장이 수출 건에 대한 계약을 다시 하자고 나왔다.

전혀 생각지도 못했던 일이었다.

조금은 황당하고 어안이 벙벙했다.

"그게 무슨 말씀이죠? 다시 계약서를 쓰다니요?"

"하하! 내가 조금 생각이 짧았어. 그때 강 대표의 말을 좀 들었어야 했는데 말이야. 수출 건에 대해서만 변경을 하자고, 내가 그만한 대가를 지급할 테니 말이야."

김만철은 어색한 웃음을 지으며 말했다.

그가 말하고자 하는 의미를 알 수 있었다.

소련에서의 수출 성사가 자신이 생각했던 것보다 크게 성공적이었다.

한편으로는 그의 마음을 이해 못하는 것도 아니었지만 이건 아니었다.

사촌이 땅을 사서 배가 아픈 심정이나 같은 것이었다.

"그래도 그건 이미 말이 다 끝난 것이 아닙니까? 제가 그에 대한 권리도 지불했고요."

"그렇지, 자네가 그 권리를 가지고 있지. 그래서 내가 다시 그 권리를 사겠다는 거야."

'사람이 돈 앞에서는 모두 어쩔 수 없는 것인가? 그래도 이분은 다르다고 생각했는데……'

지금 김만철은 처음 만났을 때의 모습과는 전혀 다른 모습을 보이고 있었다.

처음 광화문에 위치한 증권사에서 보았던 김만철은 돈에 있어 달관한 듯한 모습이었다.

그의 말을 무시할 수도 없는 것이 도시락의 지분을 80% 소유하고 있었다.

만약 그가 도시락 회사의 경영에 참여한다고 나오면 막을 방법이 없었다.

"어떻게 계약을 다시 하고 싶으신 것입니까?"

"음, 그러니까 강 대표가 노력해서 시장을 넓힌 소련은 그대로 두고, 미국이나 일본으로 수출하는 것에 대한 권리는 내가 갖도록 하는 게 어떤가?"

'후후! 미국과 일본이라. 머리는 쓰셨지만 잘못된 선택을 하셨군요.'

김대철이 나름대로 노림수를 둔 결정이었지만 미국이나 일본 시장은 그리 호락호락하지 않은 시장이었다.

"후! 그 두 나라가 가장 큰 시장이 아닙니까? 그 두 곳을 선택하시면 제가 생각했던 계획이 크게 어긋나는데……."

일부러 말을 흐렸다.

애초에 나는 일본이나 미국 시장은 아예 생각지도 않고 있었다.

아직은 두 곳에 신경 쓸 여력도 없었고 노력한 만큼 대가가 나오지 않는 시장이었다.

더구나 2013년 1인당 라면 섭취량에서도 대부분 동남아시아 국가가 들어간다.

우리나라가 1위이고 그다음이 인도네시아, 그리고 3위가 베트남, 4위 말레이시아, 5위 태국이었다.

이들 나라는 면 종류의 요리가 발달한 나라들이었다.

일본은 6위, 대만이 7위, 그다음 8위가 중국이었다.

하지만 라면이 소비되는 양은 달랐다.

중국은 1년에 462억 2,000만 개가 소비되고 인도네시아는 149억 개, 일본이 55억 2,000만 개, 베트남 52억 개, 인도 49억 3,000개, 미국이 43억 5,000개 그리고 한국 36억 3,000개 순이었다.

한국보다 인구수가 많은 나라이었기에 이러한 통계가 나올 수 있었다.

2013년보다 통계가 정확하지는 91년도 크게 다르지는 않았다.

더구나 가장 큰 시장인 중국은 아직 우리와 수교를 하지 않은 상태였다.

김대철이 생각하는 미국은 시장은 크지만 라면 소비가 지금은 그리 많지 않았다.

더구나 일본은 시장 진입이 꽤 까다로웠다.

이러한 통계는 주식에 푹 빠져서 온갖 정보를 수집하던 중에 보았던 정보였다.

그 기억이 또렷하게 머릿속에 박혀 있었다.

"그럼 내가 어떻게 해주었으면 좋겠나? 원하는 것이 있으면 말해보게나."

김대철은 겸연쩍은 웃음을 보이며 말했다.

그도 자신의 주장이 억지임을 잘 알고 있었다.

나는 그 점을 충분히 고려하여 이용할 생각이었다.

"첫 번째는 다시는 이러한 계약 변경이 일어나지 않도록 법률적으로 확실하게 못을 박고 싶습니다. 그리고 두 번째 는 소련에 수출되는 물량을 지속해서 공급할 수 있도록 해 주십시오. 마지막으로 미국과 일본을 포기하는 대가로 도 시락 회사의 지분 15%를 제게 더 주시면 될 것 같습니다."

김대철이 향후라도 경영에 참여하여 도시락라면의 생산 물량을 조정할까 하는 마음에서였다.

도시락에 대한 지분 요구는 그에 대한 실망감 때문이었 다.

이런 식의 요구가 아니었다면 어쩌면 다른 나라의 수출 에 대한 부분을 조정할 수도 있었을 것이다.

나의 말에 김대철은 잠시 생각을 하는 것 같았다.

아니, 열심히 수지타산에 대해 계산을 하고 있었다.

"음, 그렇게 하도록 하지. 자네 말처럼 법적으로 계약에 대해 못을 박도록 하자고. 그리고 나머지 나라들에 대해서 도 이런 일이 나오지 않게 여기서 모두 끝내도록 하는 게 어떤가?"

김대철의 입에서 나온 나라는 일본과 미국이었다.

"알겠습니다. 그럼 저 먼저 말씀드리겠습니다. 저는 일본을 뺀 아시아 국가와 남미를 선택하겠습니다."

내 말에 김대철이 의외라는 눈빛을 보냈다.

내가 유럽과 북미 시장을 먼저 말할 것으로 생각하고 있었다.

하지만 그가 모르는 것이 많았다.

남미의 브라질은 라면 소비량이 세계 10위였었다.

더욱이 동남아시아 대부분 국가가 10위권 안에 있었다.

"그래도 되겠나? 유럽 시장은 내가 가져도 된단 말이지?"

"예, 대신 소련과 인접한 동유럽 국가는 제가 노력해 보겠습니다."

"하하! 그러게나. 그 정도야 내가 양보해야지. 그리고 말이야 미국과 유럽에 대한 수출팀을 따로 만들어야겠네."

김대철이 만족한 웃음을 내보이는 것은 동유럽은 서유럽과 비교하면 시장이 작고 가난한 나라가 대부분이었다.

더구나 아시아에서 인구가 가장 많고 엄청난 잠재력이 있는 중국은 아직 수교도 되지 않은 나라였다.

김대철은 지금 도시락라면이 소련에서처럼 팔려 나갈 것이라는 생각을 갖고 있는 것 같았다.

'음, 하루라도 빨리 소련에 현지공장을 세워야겠구나.'

수출팀이 따로 만들어지면 내 말보다는 김대철의 입김이

작용할 것이다.

더구나 그 팀을 관리할 인물도 김대철이 따로 임명할 것이 분명했다.

이미 김대철은 알게 모르게 도시락 경영에 영향력을 행사하고 있었다.

*   *   *

이래저래 바쁜 일과로 인해서 소냐의 환영회를 하지 못하고 있었다.

그나마 한숨을 돌릴 시간이 되자 토요일 오후 가인이와 예인이, 그리고 소냐와 함께 맛있는 저녁을 먹기 위해 신촌으로 나갔다.

신촌은 복잡하고 사람들로 북적였다.

나중에는 홍대에 더 사람이 몰렸지만 지금은 대학들이 몰려 있는 신촌이 더 번화했다.

젊음 사람이 많이 모이는 거리였기에 소냐를 이곳으로 데리고 온 것이다.

지금 나는 지나가는 사람들의 시선을 한눈에 받고 있었다.

대부분은 나를 바라보는 눈빛들은 전생에 나라를 구한

놈이 아닌가 하는 눈길이었다.

가인이와 예인이는 훤칠한 키와 확연히 눈에 띄는 미모는 어디를 가나 돋보였다.

한데 거기에다 금발의 파란 눈을 가진 아름다운 소냐까지 더해지니 사람들의 시선을 안 받을 수가 없었다.

더구나 소냐는 가인이와 예인이보다 3~4㎝ 더 키가 컸다.

그녀 모두가 나를 중심으로 해서 걷고 있었다.

며칠 동안 두 자매와 소냐는 급격하게 친해진 상태였다.

두 자매와 소냐는 어머니가 없다는 공통점이 있었고 비슷한 나이 때라는 것이 유대관계를 빠르게 맺게 해준 것 같았다.

"소냐, 먹고 싶은 것 있으면 말해. 오늘 내가 한턱 크게 낼 테니까."

"그냥 젊은 사람이 많이 먹는 한국 음식을 먹고 싶은데."

호기심 많은 소냐는 이곳저곳을 둘러보며 말했다.

"그럼 간단하게 떡볶이와 순대부터 시식해 볼까."

나는 가인이와 예인이를 보며 물었다.

"떡볶이는 몰라도 소냐 언니가 순대를 먹을까?"

예인이의 말이었다.

"그럼! 소련의 먹거리도 크게 우리와 다를 게 없어."

우리는 근처에 있는 분식집으로 들어갔다.

"소냐, 이게 한국의 학생들과 젊은 사람들이 가장 즐겨 먹는 음식들이야."

테이블 위로는 떡볶이와 순대, 그리고 튀김이 올라왔다.

벌겋게 국물이 흘러넘치는 떡볶이에 소냐의 손길이 먼저 갔다.

입에서 오물오물 맛있게 먹던 소냐의 얼굴이 갑자기 빨개졌다.

"물! 물 좀. 너무 매워!"

그리고 나서 부리나케 물을 벌컥벌컥 먹었다.

소냐는 여신 손으로 입가를 부채질했다.

"호호호! 맵긴 매울 거야. 우리 집 고추장이 좀 맵게 만들거든."

분식집 사장은 외국 여자가 떡볶이를 먹는 모습이 재미있는지 소냐의 모습에 웃음을 터뜨리며 말했다.

"소냐 언니, 너무 매워?"

가인이가 자신의 물을 건네주며 말했다.

소냐는 가인이가 건네준 물을 다시 비우고서야 입을 열었다.

"응, 너무 매운데 맛있다."

말하는 소냐의 눈가에는 눈물까지 머금고 있었다.

"하하! 그렇지 원래 매운 게 입맛을 당기는 거야."

소녀의 이런 모습이 우습기도 하고 귀엽기도 했다.

"이것도 한번 먹어봐?"

나는 순대를 하나 포크로 찍어주었다.

"이건 한국 소시지야?"

소녀가 나에게 되물었다.

"뭐 그렇다고 봐야겠지."

소녀는 내 말에 순대를 입으로 가져가 오물오물 씹었다.

"음, 맛있는데. 뭐로 만들었는데 색깔이 까만색이야?"

소녀의 말에 나는 예인을 보았다.

예인이는 고개를 저으며 말을 하지 말라는 표정이었다.

"나중에 알 수도 있잖아. 그냥 말해버리는 게 나아. 소녀 이건 돼지피하고 내장으로 만들어서 그래."

옆에 있던 가인이가 나서서 입을 열었다.

"케, 케엑! 돼, 돼지 피?"

그 순간 소녀의 표정이 일그러지며 목구멍으로 넘긴 순대를 게우듯이 헛구역질을 하기 시작했다.

소녀는 돼지고기를 먹었지만 내장이나 돼지의 다른 부위로 만든 음식은 먹어본 적이 없었다.

나는 다급하게 소리치며 말했다.

"소녀! 농담이야. 가인이가 널 놀리려고 그런 거야."

그 말 때문인지 소녀의 헛구역질은 멈췄지만 결국 분식 집을 나오고 말았다.

*   *   *

소녀의 입맛에 맞는 음식을 찾기 위해 우리가 찾은 곳은 전통 파전과 퓨전요리를 하는 도깨비라는 주점이었다.

외관이 기와집 형태로 지었고 내부에는 한국의 전통적인 인테리어로 꾸며진 곳이었다.

이름에 걸맞게 혹부리영감이 도깨비에게 혹을 떼는 장면 도 인형으로 만들어놓았다.

가인이와 예인이가 주점에 들어가기에는 아직 나이가 안 됐지만, 소녀가 간절히 원했다.

안으로 들어가는 우리 일행을 직원들은 반갑게 맞아주었 다.

더구나 큰 키에 늘씬한 몸매를 자랑하는 가인이와 예인 이를 고등학생으로 보는 사람은 없었다.

혹시나 신분증을 검사하는 게 아닌가 하는 걱정은 기우 였다.

우리는 동동주와 함께 모든 전을 맛볼 수 있는 모듬전과 낙지볶음을 시켰다.

가인이와 예인이를 위해서는 음료수를 시켜주었다.

두 사람의 보호자 입장에서 술은 아직 마시게 할 수 없었다.

주문한 음식이 나오자 빈잔에 동동주와 음료수를 따른 후에 소냐를 위해 건배를 제창했다.

"자! 소냐의 행복한 한국 생활을 위하여!"

"소냐 언니를 위하여!"

내 선창에 가인이와 예인이도 잔을 들어 올리며 기쁜 마음에 소리쳤다.

"다들 고마워. 머무는 동안 나도 열심히 공부할 게, 그리고 내년에는 우리 모두 함께 다니자."

소냐는 가인이와 예인이가 서울대를 목표로 공부하고 있다는 것을 알고 있었다.

소냐는 동그랑땡과 해물파전을 정말 맛있게 잘 먹었다. 더구나 동동주는 1시간이 지나지 않았는데도 벌써 세 주전 자째였다.

소련 사람들이 술을 잘 마시기는 했지만 소냐는 정말 잘 마셨다.

소련의 독한 보드카보다 달짝지근한 동동주가 소냐의 입맛에 맞는 것 같았다.

"와! 소냐 언니는 정말 잘 먹고 잘 마시는데요."

예인이도 소냐의 식성에 놀라고 있었다.

"뭐, 이 정도는 먹어줘야 뭘 먹었다고 하겠지."

소냐와의 식사는 그녀가 납치되었던 블라디보스토크의 식당에서가 전부였다.

그때는 이 정도로 먹지 않았던 기억이 있었다.

마치 모든 속박에서 벗어난 것처럼 소냐는 자유롭게 행동했다.

"그래, 마음껏 먹어, 소냐. 이곳에도 보드카처럼 독한 술이 있어."

소냐는 내 말에 호기심이 발동한 듯 물었다.

"어떤 술인데?"

"안동소주라고 옛날에는 아랭이 소주라고 불렸는데, 100% 쌀로 만든 순곡주고 마신 후에도 뒤끝이 깨끗한 고급 소주야. 도수가 45도나 된다고."

메뉴판을 보았을 때에 안동소주가 적혀 있었었다.

일반 소주는 95% 알코올에 물을 희석해서 만들고, 안동소주는 쌀로 만든 청주를 증류해서 만든 순수 증류주다.

"오빠, 너무 마시는 것 아니야?"

가인이가 걱정하듯이 물었다.

"괜찮아. 얼마 마시지도 않았는데 뭘. 지금 이렇게 동동주를 마시다간 아마 집에 못 갈걸? 소냐를 보니까, 보통내기가 아니야. 우리나라까지 힘들게 왔는데 우리나라 전통 주를 한번 맛보게 해줘야지."

내 말은 틀린 말이 아니었다.

소냐는 동동주를 음료수 마시듯이 했는데도 얼굴색 하나 변하지 않았다.

"마음대로 하세요. 그럼 우리도 한 잔씩만 마시게 해줘."

"야! 송가인 45도 되는 아주 독한 술이라고."

"알아, 오빠가 방금 말했잖아. 나도 아빠를 닮아서 술이 세거든."

"언제 술을 마셔 받는데?"

내 기억으로는 가인이가 술을 마신 기억은 없었다.

"언제긴 아빠가 술을 담그시고 개봉해서 마실 때에 한 잔 씩 주셨지."

"정말이야?"

나는 확인하듯 예인이를 보며 물었다.

"응! 한 잔 이상은 주지 않으셨지만."

"그래도 이건 너무 센데."

"소냐 언니 환영회잖아. 오늘만 허락하시죠. 그리고 오늘이 대학입학 학력고사 딱 백 일 남았거든."

"그래 백일주는 마셔야 합격하니까."

가인이의 말에 딱 한 잔씩만 허락하기로 했다.

안동소주를 시키고 안주도 시원한 조개탕을 하나 더 시켰다.

예쁜 잔에 안동소주 세 사람에게 따라주고는 다시금 선창했다.

이번에는 한국어가 아닌 영어로 했다.

주점에 있는 사람들의 눈을 의식해서였다.

가인이와 예인이가 미성년자라는 것을 알리지 않기 위해서였다.

"가인이와 예인이의 대입합격을 위하여!"

"합격을 위하여!"

사기로 만든 작은 소주잔에 담긴 안동소주를 입에 털어넣는 순간 진한 향과 함께 화끈거리는 찌릿함이 목구멍을 타고 뱃속으로 넘어가는 것이 확연히 느껴졌다.

"와우! 판타스틱! 기막히게 맛이 좋은데."

소냐는 감탄사를 연발하며 안동소주의 맛을 느끼는 것 같았다.

"크! 너무 써."

예상했던 것처럼 예인이는 예쁜 인상을 찡그리며 말했다.

그런데 가인이는 안동소주를 마시고도 무표정하게 술잔을 내려놓았다.

나조차 안동소주의 높은 도수에 살짝 미간이 좁혀졌었다.

'가인이는 정말 술까지 세구나. 나중에 이거 잘못 걸리면 뼈도 못 추리는 거 아닌지 몰라.'

본인의 입으로 세다고 한 가인이의 말이 맞았다.

"한 잔 더 줘."

소냐는 자신의 술잔을 내밀며 말했다.

"잠깐 화장실 좀 다녀올 테니까, 네가 소냐 좀 따라줘라."

그동안 마신 걸 버려야 할 신호가 왔다.

가인이에게 부탁을 하고는 화장실로 향했다.

남자화장실에는 남자소변기가 두 개가 설치되어 있었는데 그중 하나가 고장이 나 있었다.

나보다 먼저 화장실에 들어온 남자가 소변을 보고 있었다.

뒤에서 기다리는 중에 남자가 나를 쳐다보며 히죽 웃으며 말했다.

그는 30대 초반으로 보였다.

"재미가 좋으십니다."

갑작스러운 말에 조금 당황하며 되물었다.

"예, 무슨 말이죠?"

"보기 드문 미인을 세씩이나 끼고 술을 드시니 말입니다. 전생에 나라를 구하셨나? 하하! 농담입니다, 하긴 좋은 시간이 빨리 지나가기 전에 즐겨야겠죠."

얼굴이 벌겋게 달아오른 사내는 취기가 상당히 올라온 상태였다.

괜히 술 취한 사람을 상대했다가 피곤해질까 봐 대꾸 없이 그냥 있었다.

"……."

소변을 다 본 사내는 손을 씻기 위해 세면대로 향했다.

그사이 소변을 보고 있는 나를 향해 사내는 또다시 입을 열었다.

"야! 내 이야기 좆같냐? 시발! 대꾸해야 할 것 아냐. 시발 새끼야!"

사내는 노골적으로 나에게 시비를 걸고 있었다.

"좋게 술을 드셨으면 남에게 시비 걸지 마시고 그냥 가시죠."

"이 새끼! 이거 사람을 가르치려고 하네."

사내는 손을 털면서 나에게로 다가왔다.

나는 아직 볼일을 다 끝내지 못한 상태였다.

딱!

사내는 내 뒤통수를 사정없이 때렸다.

순간 뒤통수가 얼얼할 정도로 충격이 왔다.

"야! 형님 같은 분이 말을 하면 제대로 예의를 갖춰 대해야지. 알겠어."

딱!

또다시 뒤통수에 불이 났다.

"너 잠깐만 기다려라."

도저히 참을 수가 없었다.

문제는 참았던 소변을 보는 중이라 중간에 끊을 수가 없었다.

더구나 두 번이나 뒤통수를 맞을 때 소변이 튀어 바지까지 젖어버렸다.

"이번만 봐주는 거다. 앞으로 잘해라."

사내는 자신의 할 말을 다 했는지 화장실 밖으로 나갔다.

나는 소변을 다 보자마자 화장실 문을 열고 사내를 찾았다.

한데 사내가 보이지가 않았다.

불과 5초 정도 사이 술에 취한 사내가 사라진 것이다.

술을 마시고 있는 2층을 둘러봤지만 사내는 어디에도 없었다.

내친김에 1층으로 내려와 주점 밖까지 살펴보았지만 사

내를 찾을 수가 없었다.

"뭐야, 정말! 술맛 떨어지게."

다시 주점으로 돌아오면서 뭔가 꺼림칙하다는 생각이 들었다.

사내는 술에 취해 흐느적거리기는 했지만 눈매가 날카롭게 살아 있었다.

더구나 아직도 얼얼한 뒤통수를 때리는 동작이 전광석화처럼 빨랐다.

일반 사람이 술에 취해 할 수 있는 동작이 아니었다.

순간 머릿속에서 떠오르는 인물이 있었다.

하지만 사내는 내가 머릿속에 떠올린 인물과 전혀 생김새가 달랐다.

"아니겠지. 후! 오늘은 운수가 없는 날인가 보네."

그때 주점을 문을 열고 들어가는 내 모습을 지켜보는 한 인물이 있었다.

"크크! 오늘은 네가 운이 좋은 거다. 계집년만 없었다면 지금쯤 황천길을 건넜을 테니까."

내 모습을 보며 말을 마친 인물은 다름 아닌 화장실에 나를 때린 사내였다.

사내가 자신의 얼굴에 손을 들어 매만지자마자 얼굴이 바뀌었다.

마치 중국의 변검술처럼 말이다.

사내는 다름 아닌 흑천의 도운이었다.

"어딜 갔다 오는 거야?"

얼굴이 붉게 상기된 가인이가 물었다.

"아니야, 아무것도."

괜히 화장실에서 있었던 일을 이야기해 봤자 나만 바보되는 상황이었다.

"뭐냐, 언제 술을 다 먹은 거야?"

탁자에 있던 안동소주가 다 비워진 상태였다. 소냐가 다 마시기에는 시간이 부족했다.

나는 가인이와 예인이를 보았다.

두 사람 다 얼굴이 상기되어 벌겋게 달아올라 있었다.

그 모습에서 안동소주를 마신 사람이 누구인지 알 수 있었다.

"소냐 언니가 한 잔만 더 마시라고 해서."

복숭아꽃처럼 환하게 핀 얼굴로 빙그레 웃으며 말하는 예쁜 예인이의 모습에 화를 낼 수 없었다.

"정말 딱 두 잔만 마신 거야?"

"아니, 딱 석 잔만 마셨어."

예인이보다는 덜하지만 가인이의 얼굴 또한 붉은 모란이

핀 것처럼 붉게 타오르고 있었다.

"소냐, 아직 어린애들이라고."

"뭐가 어려? 가인이와 예인이의 나이면 우리나라에서는 다 성인으로 취급받는다고."

오히려 소냐는 반문하며 나에게 따지듯이 말했다.

"소냐, 여기는 한국이야. 그리고 너희는 소냐가 주는 대로 다 마시면 어떡해?"

마치 딸을 걱정하는 아버지의 말처럼 말했다.

"괜찮아, 오빠. 이제 마시지 않을 거냐."

점점 더 활화산처럼 붉게 타오르는 예인이를 위해서도 이쯤에서 자리를 정리해야만 했다.

소냐는 무척 아쉬워하는 눈치였지만 내 말을 따랐다.

도깨비주점에서 나올 때까지는 멀쩡했던 예인이가 비틀되면 몸을 가누지 못했다.

가인이 또한 힘들어하는 모습이 역력했다. 다행인 것은 소냐는 중심을 제대로 잡고 있다는 것이다.

안동소주를 우습게 생각했던 가인이와 예인이 때문에 힘들어진 것 나였다.

택시를 타기 위해 도로까지 나올 때에 결국 예인이를 업을 수밖에 없었다.

더구나 가인이와 소냐까지 챙기려다 보니 힘이 배가 들

었다.

택시를 간신히 잡고 오를 때에 온몸에서 땀이 비 오듯이 쏟아졌다.

키가 큰 예인이를 업는다는 것이 이렇게나 힘이 드는 일인지 몰랐다.

"헉헉! 아저씨 불광동으로 가주세요."

"아이코! 술을 많이 드셨나 봐?"

쓰러지듯이 뒷좌석에 탄 예인이를 본 택시기사의 말이었다.

"예, 외국인 친구 환영회 때문에요."

소냐를 본 기사는 내 말이 무슨 뜻인지 아는 것 같았다.

술을 잘 마시지 못하는 예인이는 결국 집으로 돌아와서는 다음 날까지 꼼짝하지 못하고 누워 있어야만 했다.

Chapter 10

　월요일 날 한적한 고속도로를 타고 나는 대전으로 향하고 있었다.

　대전에는 마요네즈와 케찹을 만드는 청일식품의 본사와 공장이 있었다.

　대기업이 운영하는 패스트푸드 매장에 소형포장으로 납품하는 청일식품은 현재 경영이 조금 어려운 상황에 부닥쳐 있었다.

　대기업 납품에 맞추어 시설 투자를 한 지 얼마 안 된 상태에서 납품 가격 조정을 요구받았다.

요구에 맞추어 납품가를 조정하면 공장 시설 투자에 들어간 자금 회수가 너무 늦어져 은행대출금을 제때에 갚을 수가 없었다.

납품 담당자를 만나 납품가 조정을 6개월 정도 늦추려고 했지만 가격이 맞지 않으면 납품할 수 없다는 말만 들었다.

문제의 대기업은 한라상사가 속했던 한라그룹이었다.

나이키의 한국 판매권을 가진 한라상사는 닉스의 디자인실의 인원을 빼가 회사를 어렵게 만들었었다.

연락을 받았는지 사람이 공장 정문에 나와 기다리고 있었다.

"먼 길 오셨습니다. 영업부를 맡고 있는 김광남 차장이라고 합니다. 사장님께서 곧 오실 것입니다."

"강태수라고 합니다. 우선 공장 안내를 부탁하겠습니다."

나와 함께 청일식품을 방문한 사람은 티토브 정이었다.

출국비자 문제로 나보다 삼 일 뒤 늦게 한국에 도착하였다.

나는 처음 생각과 달리 도시락 회사를 거치지 않고 직접 청일식품을 통해서 소련으로 수출하는 방법을 생각하고 있었다.

수출된 물량은 고스란히 블라디보스토크와 모스크바의

판매장에서 팔 생각이었다.

판매되는 양과 반응을 본 후에 소형점으로 판매망을 넓혀갈 생각이었다.

앞으로 국내 대표적인 마요네즈 생산 업체인 오뚜기가 소련에 진출하면 도시락라면처럼 큰 인기를 끌었다.

아직은 직접적인 오뚜기의 움직임이 없었기에 먼저 선수를 칠 생각이었다.

물론 도시락의 상표를 달고 판매를 할 생각이다.

도시락 이름에 대한 상표권에 대한 권리는 나에게 있었다.

청일식품 관계자는 마요네즈와 케첩을 만드는 생산 설비를 차례대로 보여주었다.

이미 내가 도시락의 대표라는 사실을 알고 있었기에 성심성의껏 설명을 했다.

청일식품은 지금 새롭게 판매 루트를 만들어야 하는 중요한 시기에 봉착하고 있었다.

"원래 마요네즈의 이름의 유래는 스페인 영토 미놀카섬의 수도 마혼(Mahon)에서 나왔다고 합니다. 마요네즈는 샐러드유 65~75%, 달걀노른자 10% 전후, 양조식초 5~15%, 식염, 설탕, 핵산조미료 등의 조미료와 후추 등의 향신료를 혼합하여 유화한 드레싱이고 소스의 일종입니다. 저 공정이......"

김광남 차장은 생산공정을 잘 알고 있었다.

그는 생산부서에서 1년 동안 마요네즈 생산 관리를 맡았었다.

"혼합 이후에는 살균 공정이 없으므로 위생시설이 완비한 공장에서 만들지 않으면 안 됩니다. 그래서 이곳을 새롭게 짓기 전에 큐피 마요네즈라고 일본 제일의 마요네즈 회사 공장을 여러 번 견학하고 시찰했습니다."

큐피 마요네즈는 일본 제일의 마요네즈 회사였다.

또한 전 세계에서 수많은 사람이 구매하는 아마존쇼핑몰에서 마요네즈 판매 1위를 하는 회사였다.

앞으로 이십 년 후에나 일어날 일이었지만.

"더구나 우리 공장은 아직 국내에 도입되지 않은 HACCP(Hazard Analysis and Critical Control Point) 시스템에 맞추어서 설계된 공장입니다."

HACCP는 '해썹' 또는 '해십' 이라 부르며 우리나라에서는 1995년 12월에 도입하면서 식품위생법에서 '식품위해요소중점관리기준' 이라고 한다.

HACCP는 식품의 원재료 생산에서부터 최종 소비자가 섭취하기 전까지 각 단계에서 생물학적, 화학적, 물리적 위해요소가 해당 식품에 혼입되거나 오염되는 것을 방지하기 위한 위생관리 시스템을 말한다.

청일식품이 단번에 대기업과 납품계약을 새롭게 맺을 수 있었던 것도 HACCP 공장이라는 이유 때문이었다.

공장에는 위생 수준별 지역을 설치해 놓고 일반 구역은 청색, 준 청정 구역은 적색, 청정 구역은 녹색으로 구분하여 관리하고 있었다.

"또한 공장 내부는 창문이 없는 밀폐형 구조로 이루어져 있으며 경사와 턱을 없애 먼지가 쌓이지 않도록 건설했습니다."

자랑스럽게 공장 내부를 설명하는 김광남 차장의 말처럼 공장은 무척 깨끗했고 잘 정돈되어 있었다.

하지만 시설 투자 때문에 은행부채가 급격하게 늘어나고 말았다.

이전까지는 실속 있고 회사에 보유 현금이 많은 회사였다.

내가 청일식품을 선택한 이유도 HACCP 공장이었기 때문이었다.

청일식품은 원래 마요네즈뿐만 아니라 분말 건조 식품과 후추, 겨자, 와사비와 같은 향신료 제품을 생산하던 회사였다.

20분 정도 공장을 둘러본 후에 우리는 사무실과 사장실이 있는 사무동으로 향했다.

회의실에는 청일식품의 이명환 사장이 기다리고 있었다.

그는 일본에서 대학을 졸업하고 식품 회사에서 근무했던 경험을 가지고 있었다.

한국으로 돌아온 후에 아버지가 운영하던 청일식품을 물려받은 인물이었다.

나이는 삼십 대 중반으로 젊었다.

뿔테안경 너머로 보이는 이명환의 첫 모습이 조금은 고집스러워 보였다.

일본에서의 경험을 바탕으로 청일식품을 한 단계 더 나아가기 위한 과감하게 진행했던 시설 투자가 현재 그의 발목을 잡고 있었다.

"말씀 많이 들었습니다. 이명환입니다."

이명환은 나에 대해서 조금은 알고 있었다.

도시락 대표이자 현재 젊은 층에 큰 사랑을 받고 있는 닉스의 대표라는 사실도 알았다.

하지만 다른 회사에 관련된 상황은 알지 못했다.

이명환은 닉스 공장을 맡고 있는 한광민 소장과 친분이 있었다.

한광민 소장을 통해서 나에 대한 이야기를 어느 정도는

들은 상태였다.

"강태수라고 합니다."

우리는 서로에게 명함을 건네며 자리에 앉았다.

"정말 대단하십니다. 저는 청일식품만으로도 힘에 부치는 상황인데, 두 개의 회사를 다 성공적으로 이끌고 계시다니 놀랍니다."

이명환은 자리에 앉자마자 나에 대한 칭찬을 늘어놓았다.

도시락 또한 소련으로의 판로개척으로 매출이 급격하게 늘고 있었다.

더구나 소련으로 수출했던 도시락라면에 대한 기사가 경제신문에 실리기까지 했었다.

"아닙니다. 많은 분이 도와주시고 직원들이 열심히 일한 덕분입니다. 정말 공장이 깨끗하고 훌륭한 시설을 갖추셨습니다."

"초면에 이런 말씀드리기는 그렇지만 정말 죽을 똥을 쌀 만큼 힘들게 만든 공장입니다. 그 덕분에 자부심도 있고 국내 제일이라고 당당히 말할 수 있습니다. 한데 운이 따라주지 않고 있습니다."

내가 청일식품에 대해 어느 정도는 알고 있다는 것을 고려해서 한 이야기였다.

"열심히 한 결과는 분명히 따를 것입니다. 저도 그 신념을 갖고 여기까지 왔습니까요. 이명환 사장님도 분명 큰 결실을 볼 때가 있을 것입니다."

"하하하! 정말 기운을 돋게 하시는 말씀입니다. 공장은 직접 보셨으니까 생산에 관련된 문제점이 없다는 것은 아실 것입니다. 저희 실무자의 말로는 소련에 수출하는 것이 아직은 시기상조라고 하는데, 판로에는 문제가 없겠습니까?"

이명환의 말처럼 국내 식품 회사들은 아직은 소련에 대해 회의적이었다.

수출하고도 수출대금을 받지 못하는 회사도 있었고 또한 수출 물량도 그리 대단하지 않았다.

수교는 맺었지만, 공산국가인 소련에 대한 인식은 아직까지는 좋지 않은 이미지를 갖고 있었다.

"시기상조가 곧 기회입니다. 먼저 위험을 감수하고 시작하면 소련이란 큰 나라에 단단히 뿌리를 내리게 될 것입니다. 판매는 저희 도시락 지사가 설립된 블라디보스토크와 모스크바를 중심으로 판매가 이루어질 것입니다. 제품이 확실하다면 판매는 전혀 문제없습니다."

나는 있는 그대로 자신감 있게 말했다.

"저희 제품에 대해서는 걱정하지 않으셔도 됩니다. 특별히 일본에 식품 회사에 근무했던 개발자를 스카우트해서 맛이 뛰어난 제품을 개발했습니다. 한번 직접 맛을 보십시오."

회의 탁자에는 청일식품에서 만든 마요네즈와 국내 유명 회사에서 만든 마요네즈가 놓여 있었다.

나는 이명환의 말에 마요네즈를 식빵에 발라 먹어보았다.

처음에는 유명회사의 제품을 두 번째 청일식품에서 만든 마요네즈를 먹었다.

확실히 이명환의 말처럼 맛이 달랐다.

청일식품의 제품이 조금 더 고소하고 새콤하면서도 깊은 맛을 내었다.

"음, 확실히 이 마요네즈가 맛이 더 좋은데요."

"정말 신선한 원료를 사용해서 만들고 있습니다. 제품을 잘 만들면 시장에서 큰 호응을 받고 판매도 늘어날 거로 생각했는데, 그게 마음먹은 대로 안 되네요."

이명환의 마음을 나는 알고 있었다.

소비자에게 중소기업의 제품은 아직 신뢰를 얻기가 어려운 시기였다.

더구나 소비자에게 입소문만으로 제품 홍보가 되려면 긴 시간이 필요했다.

TV이나 신문에 일정 기간 광고를 하지 않으면 일반 소비자에게 외면받기 십상이었다.

이미 공장투자에 많은 자금이 들어간 청일식품은 TV나 신문에 광고를 낼 형편이 아니었다.

광고를 하더라도 소비자가 바로 선택을 하는 것도 결코 아니었다.

제품의 질이 조금 떨어져도 지명도가 있는 큰 회사를 선택하는 것이 현명하다고 생각하던 시절이었다.

결국 청일식품이 선택한 방법은 기존 납품업체보다 더 크고 한 단계 위인 대기업 납품이었지만 그조차 쉽지 않은 상황이었다.

처음 이야기되었던 납품가도 달라진 상태였다.

"예, 말씀대로 쉽지가 않습니다. 정직한 회사의 마음을 있는 그대로 받아주지 않으니까요. 오히려 그렇지 않은 회사가 크다는 이유만으로 소비자에게 선택을 받는 세상입니다. 하지만 그런 생각을 우리 같은 젊은 사람들이 바꿔야지요."

내 말에 이명환의 눈빛이 바뀌었다. 그리고는 호쾌하게 웃으며 말했다.

"하하하! 역시 한광민 소장님의 말씀이 맞네요. 강 대표님은 정말 보통분이 아니십니다. 그럼 제가 어떻게 하면 되겠습니까? 전적으로 청일식품은 강 대표님의 말씀에 따르겠습니다."

"감사합니다, 청일식품에서 좋은 제품을 만들어주시면 이 사장님을 실망하게 하지 않을 것입니다. 단 오늘 제게 보여주셨던 제품을 한결같이 만들어주셔야 합니다."

"물론입니다. 제가 일본에 있으면서 배운 것이 올바른 제품은 소비자가 배신하지 않는다는 것입니다. 품질에 대해서는 걱정하지 않으셔도 됩니다."

"좋습니다. 그럼 저희가 청일식품에서 한 달 동안 생산하는 양의 절반을 가지고 가겠습니다. 그리고……"

나는 세부적인 상황들을 이야기하기 시작했다.

내 말 한 마디 한 마디에 이명환은 놀라 눈이 커지고 뿔테에 자주 손이 갔다.

납품대금은 모두 현금으로 그다음 달에 바로 지급하고 물량은 점차 판매하는 양에 따라 조절하기로 했지만 지금 계약된 양은 무조건 가져가기로 했다.

대신 마요네즈 용기를 보다 세련되게 만들고 포장을 바꾸기로 했다.

그에 대한 비용은 청일식품과 도시락이 반반씩 부담하기로 했다.

제품을 누구나 쉽게 알아볼 수 있게 심벌마크도 디자인

하기로 했다.

청일식품이 힘든 상황을 알고 있기에 선금으로 1억 원을 우선 지급했다.

1억 원이라는 현금은 청일식품의 숨통을 트게 하는 돈이었다.

*   *   *

예상했던 대로 도시락에 새로운 해외영업팀이 꾸려졌다.

이쪽 분야에서 경력과 능력을 꽤 인정받은 인물들을 적지 않은 돈을 드려서 스카우트를 해왔다.

모든 진행은 김대철 사장 단독으로 진행한 것이었고 나에게는 나중에 통보를 해주었다.

도시락 해외영업팀 라인은 두 개 팀으로 해외 1팀과 해외 2팀으로 나누어 서로 다른 오너에게 보고하는 체계로 바꾸었다.

도시락에 대한 모든 운영을 나에게 맡기기로 한 부분은 이제 유명무실한 상황이 되었다.

전반적인 공장 운영은 아직은 내가 결정하고 진행했지만, 이 또한 언제 바뀔지 모르는 것이었다.

새롭게 구성된 영업팀은 당장에라도 눈앞에 탐스럽게 잘

익은 열매가 열려 따먹기만 하면 되는 것처럼 이야기했다.

도시락라면에 대한 소련에 대한 매출이 국내 매출보다 3배나 커진 상황에서 이미 시장이 성숙된 미주시장과 일본은 이보다 더 좋게 보였다.

시장조사가 이루어지는 상황에서 목표치도 소련에서 일어난 매출보다 높게 잡고 있었다.

두 시장에 대한 수출성사가 이루어지기도 전에 벌써 생산 공장에 대한 시설 증축 이야기가 나올 정도였다.

도시락라면에 대한 일본 수출은 아예 없는 것은 아니었다.

하지만 그 수량이 너무 미비했었다.

도시락라면에 대한 해외 수출이 마치 황금알을 낳는 거위처럼 보기 시작한 순간부터 김대철과의 신뢰에는 조금씩 금이 갔다.

"이거 정말 너무하네요. 자료는 다 요청하면서 철저하게 저희를 배제하고 있습니다."

도시락라면에 포크를 넣는 아이디어를 낸 김미령이 푸념 섞인 말을 했다.

김미령은 해외 1팀에 속해 소련과 함께 동유럽을 담당했다.

한마디로 나의 직속으로 보면 되었다.

"잘 협조해 주세요. 나름대로 실적을 내려고 열심히 하고 있으니까."

나는 별일 아니라는 듯이 말했다.

"대표님은 화도 안 나세요? 모든 것을 대표님이 만들어 놓으셨는데, 해외 2팀에서는 별것도 아니라고 깎아내리고 있습니다."

나보다 김미령이 화가 나는지 목소리를 높였다.

김미령의 말처럼 해외 2팀의 부장으로 온 인물은 대기업에서 상사 출신으로 이전 회사에서도 승승장구하던 인물이었다.

부장 직분과 함께 이전에 받던 연봉보다 2배 정도 더 오른 상태에서 직속부하 두 명과 함께 도시락으로 이직해 왔다.

또한 해외영업 2팀이 목표로 잡은 매출을 달성할 때에는 도시락에 대한 지분까지 주겠다고 김대철 사장이 약속한 상태였다.

이래저래 해외영업 2팀은 사기가 높았다.

더구나 내가 개척한 소련 시장에 대해서는 대단히 회의적인 반응을 보였다.

한마디로 지금 발생한 소련에 대한 매출은 반짝 빛을 발하는 상황이고 곧 꺼져 버릴 거품이라는 말을 공공연히 했다.

그도 그럴 것이 소련의 시장은 다른 나라에 비해 그리 크지 않았다.

"하하! 김미령 씨가 나보다 화가 단단히 난 것 같네요."

"김미령 씨 말이 틀린 게 아닙니다. 대표님이 개척하신 소련 시장이 경험만 있으면 누구나 할 수 있는 일이고, 운이 좋아서 된 거라고 노골적으로 말을 합니다."

나와 함께 소련 출장길에 올랐던 조상규 과장의 말이었다.

그는 내가 어떤 방식으로 소련에서 시장 확보를 했는지 눈으로 직접 보고 들었던 산증인이었다.

"시간이 지나면 확실히 알게 되겠죠. 우린 지금 맡은 일에 최선을 다하면 됩니다. 너무 주변에 휩쓸리지 말고 주어진 업무에 충실하세요. 자, 그런 이번 달에 소련으로 보낼 상품들을 정리해 봅시다."

내 말에 두 사람은 다른 말 없이 회의를 진행했다.

해외 2팀은 내가 진행하는 회의에 참석하지도 않았다.

그 팀은 철저하게 독립적으로 움직였다.

*　　　*　　　*

영업 2팀이 자리 잡은 사무실에 위치한 회의실에서 두 사람이 담배를 피우고 있었다.

"젊은 놈이 대단하긴 해. 아직 대학교조차 졸업하지도 않았는데 이런 회사를 떡하니 차지하고 있으니 말이야."

담배를 뿜어내고 있는 인물은 새롭게 해외영업 2팀을 맡은 김경렬 부장이었다.

"그렇게 말입니다. 어떻게 영감을 구워삶았는지는 모르겠지만, 운도 따르는 놈인 것 같습니다. 알아보니까 블라디보스토크에서 상당한 영향력이 있는 인물과 가까이 지내고 있는 것 같습니다."

과장직급을 달은 전승환의 말이었다.

김경렬과 함께 도시락에 함께 이직한 인물이었다.

두 사람 다 대기업인 대우상사 출신이었다.

"그렇겠지. 그렇지 않고서는 소련에서 그리 쉽게 자리를 잡을 수 없었을 거야. 일본 시장은 어떨 것 같아?"

"쉽지 않을 것 같습니다. 시장은 한국보다 훨씬 크지만, 도시락라면은 지명도도 딸리고 제품의 내용물이나 맛도 일본 제품보다 사실 떨어집니다. 일본 시장에 걸맞은 제품을 새롭게 내어놓아야 합니다."

전승환은 일본 시장을 제대로 보고 있었다.

일본은 인스턴트식품에 관련된 분야에서 우리보다 한 수 위였다.

"나도 일본은 힘들다고 봐. 우린 일본보다 미국에 치중하는 게 좋아. 정 안 되면 이전에 했던 것처럼 밀어내기로 매출만 맞추는 방식으로 가야지."

미국은 한국 이민자도 많고 아시아인도 많았다.

도시락라면을 저가로 팔면 가능성이 있어 보였다.

"알겠습니다. 정 안되면 영감한테는 제품의 품질이 떨어져서 바이어가 구매를 거부한다면 될 것입니다."

"그건 나중에 가서 할 말이고. 일단 시간은 넉넉하니까 일이 잘되게 만들어서 우리가 이곳에 자리 잡으면 되잖아. 어린놈이 대표를 하는 회사에서 나라고 대표를 못 하라는 법 없잖아?"

"그럼요. 부장님의 능력이라면 충분하고도 남습니다."

"일을 잘 만들어 보자고, 전 상무."

"하하! 알겠습니다, 김 대표님."

서로가 이미 대표와 상무가 된 것처럼 환한 웃음을 지으며 말장난을 했다.

두 사람은 입사한 지 얼마 되지도 않은 상황에서 도시락을 자신의 회사로 만들 생각을 하고 있었다.

Chapter 11

　오래간만에 북한산 정상에 올라 서울의 전경을 바라보았다.

　한국에 도착한 순간부터 일주일이 정신없이 지나갔다.

　집을 방문해서 부모님을 뵌 시간도 두세 시간이 전부였다.

　한 달 동안이나 아들 얼굴을 보지 못해서 무척이나 걱정했다고 말씀하시는 엄마를 뒤로하고 집을 나설 때에는 왠지 내가 불효를 저지르는 것만 같았다.

　이전보다 좀 더 잘 먹고 잘살기 위해 시작했던 작은 사업이 어느 순간부터는 가족들과 함께하는 시간조차 허락하지 않게 되었다.

덕분에 물질적으로는 어려움 없이 생활하게 되었지만 쉽게 시간을 낼 수 없다는 것이 문제였다.

더욱이 이제는 가족들뿐만 아니라 나를 믿고 회사에 근무하는 직원들까지 책임져야 하는 위치에 있었다.

그 책임감이 막중했고 쉽게 생각할 수 없는 일이었다.

옛말에 사람이 자리를 만들고, 자리가 사람을 만든다는 말이 있다.

달리 표현하면 사람이 처해 있는 위치에 따라 기상이 달라지고 책임감 있는 위치가 사람을 성장하게 한다.

지금의 나는 이전보다 더 진중해지고 깊이 생각하는 버릇이 생겼다.

나의 모든 판단과 결정에 수많은 사람의 먹고사는 문제가 달려 있기 때문이었다.

회사가 흔들리면 더불어서 그에 속한 가정들이 흔들릴 수 있었다.

지금까지는 모든 회사가 큰 어려움 없이 순탄한 길을 가고 있었다.

회사의 직원들 모두가 전적으로 나를 믿고 신뢰했다.

나는 그 믿음을 직원들에게 돌려주려고 노력했고 조금씩 결실을 맺고 있었다.

하지만 앞으로의 길이 절대 쉽지 않다는 것을 잘 알고 있기에 한 걸음 한 걸음이 조심스러웠다.

전적으로 믿었던 김대철 사장과의 문제도 전혀 예상하지 못한 일이었다.

나를 비롯하여 사람은 누구나 변할 수 있다는 것을 염두에 두어야만 했다.

또한 앞으로 벌어질 흑천과의 싸움은 나 혼자만의 힘으로는 해결할 수 없는 문제였다.

그들은 내가 상상하지 못한 힘을 가지고 있을 수 있었다.

하지만 이 나라의 근간을 흔들어 놓으려는 흑천의 야욕을 누군가는 막아야만 했다.

그게 내가 되든 다른 누군가가 되든 그러기 위해서는 절대적인 힘이 동반돼야만 했다.

그것이 개인의 힘이든 돈의 힘이든 아니면 권력의 힘이든 간에…….

흑천의 가장 강력한 천적이자 견제 세력이었던 백야는 이제 흑천을 홀로 상대할 수 없을 정도로 유명무실해졌다.

백야를 무너뜨린 것도 흑천의 힘이었다.

그만큼 흑천의 힘이 점점 더 강력해지고 있었다.

"후! 처음부터 흑천에 대해 알지 못했다면 어떻게 되었을까?"

이제 막 붉은 해가 동편에서 떠오르고 있었다. 언제나 변함없이 장엄한 광경이었다.

만약 흑천에 대해 몰랐다면 앞으로 남은 인생을 혼자 잘 먹고 잘살며 살아갔을 것이다.

어쩌면 이대로 잘사는 것만이 목적이 된다면 돈에만 집착하는 인생이 될지도 모른다.

"그래, 어쩌면 운명이 나를 이곳으로 이끈 이유가 있을 거야. 그걸 찾게 된다면 진정한 답을 찾을 수 있을지도……."

늘 항상 생각하는 물음이 있었다. 과거로 오게 된 이유가 무엇일까?

그 해답을 아직은 찾지 못했다.

나는 발걸음을 돌려 집으로 향했다.

내일 다시 소련으로 출국해야만 했다. 앞으로 5일 후면 소련에서 군사쿠데타가 발생한다.

그곳에서 하나의 변수를 만들 생각이다.

*   *   *

한국에 입국한 티토브 정은 별도로 바쁘게 지내고 있었다.

그는 자신의 뿌리를 찾기 위해 공공기관을 찾아다니고 있었다.

하지만 아쉽게도 그가 찾고자 했던 할아버지에 대한 기록은 남아 있지 않았다.

말이 별로 없는 티토브 정과 함께 내가 향한 곳은 심마니 정씨가 머물던 집이었다.

그의 생사를 어떻게든 알고 싶었다.

그곳이라면 자연스럽게 티토브 정과 백야의 관계를 물어볼 수 있는 장소이기도 했다.

가는 길은 이전보다 더 험하고 힘들었다.

계절이 한여름이라 숲은 더욱 우거져 있었고 날이 무척이나 무더웠다.

추운 나라에서 생활한 티토브 정이었지만 더위를 그리 타지 않는 것 같았다.

그는 내가 길이 없는 곳을 향해서 나아가는데도 아무런 물음 없이 나를 따라왔다.

'정말 말이 없는 사람이야.'

"이제 조금만 가면 됩니다."

나의 말에도 말없이 고개만 끄떡이는 티토브 정이었다.

5분만 더 가면 심마니 정씨가 머물던 집이 나왔다.

그곳에 가면 시원한 냇가도 있었기에 지금의 더위를 어

느 정도 씻어낼 수 있을 것이다.

심마니 정씨가 머물던 분지에 들어서려고 할 때였다.

내 뒤에 있던 티토브 정이 어느새 옆으로 와서는 손을 들어 나를 멈춰 세웠다.

"누군가 있습니다."

지금껏 입을 열지 않고 있던 티토브 정이 내게 말했다.

"정씨 아저씨가 돌아오신 건가."

심마니 정씨가 다시 돌아왔을 수도 있었다.

"그분이 누군지 모르지만 두 명은 아니겠지요."

티토브 정의 말에 순간 떠오르는 인물이 있었다.

'흑천의 도운… 나머지 한 명은 또 다른 흑천의 인물인가?'

이곳을 아는 사람은 가인이 말고는 그들뿐이었다.

그때였다.

"강태수! 왔으면 올라와야지!"

이미 그들은 내가 이곳에 왔다는 것을 알고 있었다.

다시 되돌아갈 수도 없었다.

그가 마음만 먹으면 나를 따라잡는 것은 아주 쉬운 일이었다.

예상대로 흑천의 도운이었다.

그의 옆으로 처음 보는 인물이 팔짱을 낀 채 나와 티토브 정을 바라보고 있었다. 미지의 사내에게서도 도운과 비슷한 기운이 흘러나왔다.

나이는 이십 후반 정도로 도운과 달리 무척이나 차가운 인상을 지닌 인물이었다.

"낄낄! 아직 이곳에 볼일이 남았나 보지?"

도운은 나를 보며 말했다.

여전히 순박하게 보이는 얼굴과 매치가 안 되는 웃음소리였다.

"비열한 웃음소리는 여전하군."

"낄낄낄! 어떡하겠어. 타고난 천성이 그런걸. 어디서 보디가드라도 구했나 보지? 그래 봤자 달라질 것은 없을 텐데."

도운은 내 옆에 서 있는 티토브 정을 바라보며 말했다.

"과연 네 뜻대로 될 수 있을까? 내가 분명히 말했을 텐데, 다시 내 앞에 나타나면 두 번째는 용서하지 않겠다고."

"크하하하! 대단한 배짱이야. 분명히 말해두지, 네놈은 오늘 지금껏 겪어보지 못한 고통을 느끼게 될 거야. 처음은 네놈의 양팔을 부러뜨리고 그다음은 양발을, 다음은 손가락과 발가락 하나씩을……."

도운은 말을 다 끝내지 못했다.

내 옆에 있던 티토브 정이 움직였기 때문이었다.

그의 움직임은 괴이했다. 몇 발짝 움직이기도 전에 도운의 얼굴 앞에 다다라 있었다.

그때

"경공!"

도운의 입에서 경악성에 가까운 음성이 튀어나왔다.

영화나 책 속에 존재하는 무협의 세계에서나 가능할 줄 알았던 경공이 눈앞에서 펼쳐졌다.

도운은 재빨리 뒤로 물러나려고 했지만 티토브 정을 떨쳐내지 못했다.

도운의 옆에 서 있던 인물 또한 심각한 얼굴을 한 채 티토브 정에게 몸을 날렸다.

그 순간적인 움직임이 보통이 아니었다. 하지만 티토브 정의 움직임은 그들과 확연히 달랐다.

마치 발을 땅에 딛지 않고서 움직이는 것처럼 그 움직임은 물 흐르듯 너무나 자연스러웠고 빨랐다.

도운은 다급하게 티토브 정에게 손을 뻗었다. 또한 도운 옆에 있었던 미지의 사내도 티토브 정의 머리를 향해 매서운 공격을 펼치고 있었다.

결과적으로 앞뒤에서 협공을 가하는 상황이었지만 티토브 정은 전혀 당황한 모습이 아니었다.

마치 뒤에도 눈이 달린 것처럼 공격을 여유 있게 피했다.

도운의 공격 또한 예측이라도 한 것처럼 너무 쉽게 흘려 보냈다.

자신의 공격이 무위로 돌아가자 눈을 부릅뜬 도운의 눈동자와 티토브 정의 눈이 허공에서 뒤엉켰다.

찰나 도운의 눈동자에서는 전에 볼 수 없는 잔물결 같은 파문이 일었다.

파문의 정체는 공포였다.

아무런 감정조차 보이지 않는 티토브 정의 얼굴에 묘한 미소가 서리는 순간, 뼈가 부러지는 소리와 함께 처절한 비명이 메아리쳤다.

빠각!

아아악!

비명 소리의 주인공은 다름 아닌 도운이었다.

그의 비명이 산허리를 메아리치는 순간 미지의 사내는 반대편으로 몸을 날려 분지를 빠르게 벗어나려고 했다.

이미 승패의 결과의 뻔했다.

치명적인 상처를 입은 도운이 문제가 아니었다.

자신들이 상대할 수 없는 고수가 나타난 사실을 흑천에 알리는 것이 무엇보다 중요했다.

지금껏 상대했던 백야의 어떤 고수보다 실력이 무섭고 뛰어났다.

그 모습을 보던 티토브 정의 손에서 무언가가 빠르게 날아갔다.

핑!

마치 팽팽한 활시위에서 매서운 활이 떠나간 것 같은 소리가 났다.

달아나던 흑천의 인물은 십여 미터를 내달리던 중에 티토브 정의 손에서 떠난 물체를 맞고 그대로 땅에 꼬꾸라졌다.

물체의 정체는 평범한 일반 동전이었다.

모든 것이 한순간에 벌어진 일이었다.

티토브 정이 백야의 인물이란 사실을 알고 있었지만 이렇게 무서운 실력을 지니고 있는지는 전혀 몰랐다.

덜렁거리는 팔을 부여잡고 뒷걸음치는 도운의 얼굴에는 방금까지 볼 수 있었던 여유가 사라진 지 오래였다.

"크옥! 너… 너는 누구냐?"

고통으로 일그러진 얼굴을 한 채 자신에게 다가오는 티토브 정에게 물었다.

하나 그는 원하는 대답을 없지 못한 채 다시금 고통에 찬 비명을 질렀다.

"으아악!"

티토브 정의 움직임이 도운의 멀쩡했던 오른손을 또다시

망가뜨렸다.

지금도 나는 도운을 직접 상대할 자신이 없었다.

아니, 아직은 그와 상대할 수 없는 실력이었다. 한데 마치 티토브 정은 도운을 초등학생 다루는 듯한 모습을 보여주었다.

뼈가 부러져 양손을 축 늘어뜨린 도운의 모습이 참으로 기괴했다.

티토브 정은 자비라는 것이 없었다.

어찌 보면 흑천의 인물인 도운과는 오늘 처음 만난 것이다.

서로를 잘 알지 못하는 상황에서 나를 향한 도운의 적대적인 기운에 티토브 정이 자연스럽게 반응하여 대응한 결과였다.

도운의 말처럼 티토브 정은 나를 지키는 경호원이었다.

하지만 정확하게 티토브 정이 과거에 어디서 무슨 일을 했었는지에 대해서 나는 잘 모른다.

단지 김만철의 소개로 나를 만났고 채용되는 조건으로 나는 소련에 거주하는 고려인 거주지에 한국 학교를 세워주겠다고 했다.

나는 김만철을 믿고 신뢰했다.

그가 몸에 습득한 실력을 알고 있었고 또한 눈으로 직접 보았다.

한데 지금 티토브 정의 모습은 상상 그 이상이었다.

뱀 앞에 옴짝달싹못하는 개구리 같은 처량한 모습을 지금 도운이 보여주고 있었다.

단 한 번도 상상해 보지도 못했던 모습이었다.

지금 티토브 정은 도운이 입으로 뱉었던 말을 고대로 돌려주고 있었다.

그는 도운의 다리를 부러뜨릴 차례였다.

"으으! 잠깐… 나를 죽이면 너는 절대로 평범한 죽음을 맞이할 수 없다. 다가오지… 잠깐…….."

신음성이 흘러나오는 도운은 위협적인 말로 어떻게든 상황을 바꾸어보려 했지만 티토브 정은 아무런 반응 없이 무표정할 뿐이었다.

오히려 그런 모습이 도운을 더 두렵게 만들었다. 티토브 정은 도운과 같은 부류의 인간이었다.

"잠시만 기다려 주십시오."

내 말에 티토브 정의 움직임이 거짓말처럼 멈추고는 나를 바라보았다.

"그에게 물어볼 말이 있습니다."

나는 도운에게 걸어갔다.

"내가 이곳에 오는 걸 어떻게 알았지?"

"크흑! 우리를 너무 우습게 생각하는군. 너에 대해서는 이미 모든 걸 조사해서 알고 있지. 으윽! 날 그냥 보내주는 게 좋을 거야. 그러지 않으면 네 가족도 무사하지 못해."

도운의 말에 애써 침착하려고 노력했지만, 가족을 위협하는 말이 입에 오르자 화를 참기가 힘들었다.

"너희는 끔찍한 범죄를 저지르는 범죄 집단과 다를 게 전혀 없어. 고작 한다는 말이 연약한 사람들을 위협하고 상대하는 것이야. 오히려 널 살려두면 가족이 위험할 것 같은데."

"크크! 뭐라고 불러도 상관없다. 너는 분명히 제거해야 할 인물이니까. 하지만 나를 돌려보내 주면 네 가족들은 손을 대지 않겠다."

도운은 나에게 말도 안 되는 흥정을 하고 있었다. 그는 지금 내 머릿속에 가득 찬 분노를 알지 못했다.

"흑천이 너와 같은 무리의 집단이라면 난 무슨 수를 쓰더라도 이 땅에서 흑천을 모두 제거해 버릴 것이다."

"네가 말이야. 으윽! 고작 나를 이렇게 만들었다고 흑천을 우습게 보는군. 흑천은 말이야 네가 생각하는 범주의 곳이 아니다. 얼마 안 있어 이 나라는 곧 흑천의 손에 떨어진다. 그것이 끝이라고 생각하나? 그건 시작의 불과하지… 크윽!"

고통에 일그러진 도운의 입에서 예상치 못한 말이 나왔다.

흑천의 목표가 이 나라의 실권을 장악하는 것이 아니라는 말이었다.

"무슨 말이지? 시작이라니?"

"알고 싶나? 크! 이 세상은 평범한 인간들이 상상하지 못하는 초인과 천재들이 존재한다. 그들은 너를 비롯한 평범한 인간들이 꿈조차 꾸지 못하는 세계를 만들기 위해 움직이고 있지. 우린 그들에 의해서 움직이는 장기판의 졸과 같은 존재일 뿐이다. 원대한 계획이 이루어지기 위해 쓰이는 졸 말이다. 하나 알려주지. 원대한 계획 중에 시발점이 되는 일이 소련에서 곧 이루어진다. 무지한 너에게 새벽의 광명을 이야기해 봤자 이해할 수 없겠지만. 크하하하!"

이야기하는 도운의 얼굴에는 자부심이 가득했다.

마치 이 세상이 아닌 전혀 다른 세계에 속해 머물고 있는 사람처럼 말이다.

그때였다.

말없이 도운을 지켜보던 티토브 정의 입에서 뜻밖의 말이 튀어나왔다.

"백야흑천멸! 어둠은 밝은 빛을 이길 수가 없다. 이미 정해진 순서고 이루어질 예언이지."

티토브 정의 말에 도운의 눈이 커질 대로 커졌다.

"너의 정체가 뭐지? 그 말은 또 무슨 말이야?"

도운은 티토브 정의 말을 다 이해하지 못하는 것 같았다. 아니, 그의 위치에서는 알지 못하는 말이었다.

"널 살려주지. 대신 너의 기억은 봉해질 것이다. 더 들을 말이 있습니까?"

티토브 정은 나를 돌아보며 물었다.

"아닙니다. 이젠 됩니다."

내 말이 끝나자마자 티토브 정이 도운에게로 다가갔다.

티토브 정이 행하려고 하는 것이 무엇인지 모르지만 도운은 무척 겁에 질린 모습이었다.

"뭐! 뭐하는 짓이야?!"

도운은 티토브 정의 손아귀에서 벗어나려고 했다.

덜렁거리는 두 팔의 고통을 참은 채 뒤돌아 달아나려고 했지만 어느 순간 티토브 정의 손에 뒷목이 잡혔다.

그리고 지금껏 들어보지 못했던 끔찍한 비명이 분지에 메아리쳤다.

"으아악!"

나는 보았다.

티토브 정의 손이 벌겋게 달아오르는 것을.

그 붉은 노을처럼 붉게 물든 손이 도운의 머리에 올려지는 순간부터 비명은 멈추지 않고 계속되었다.

"으아아악!"

단 십여 초 동안의 고통이었지만 도운에게는 억겁의 시간처럼 느껴졌다.

툭!

그리고 자신의 머리에서 뭔가 끊어진 것 같은 느낌이 들었을 때 지독한 고통도 사라졌다.

그리고 분지는 다시 고요해졌다.

이전과 달리 멍한 표정으로 하늘을 올려다보고 있는 도운의 표정에는 전혀 감정을 느낄 수가 없었다.

속이 빈 껍데기처럼 도운은 자신을 완전히 잃어버린 것 같았다.

티토브 정은 정말 무서운 인물이었다.

그가 적이 아니라는 것이 천만다행이라고 느껴질 정도였다.

티토브 정을 소개했던 김만철도 그에 대해서 자세히 알지를 못했다.

김만철이 소련에서 벌어졌던 작전 중에 티토브 정을 만났고 그의 도움을 받았다는 것뿐이었다.

나는 단지 자신의 할 몫은 충분히 해낼 인물이라는 말에 티토브 정을 받아들였다.

예상했던 대로 심마니 정씨는 자신의 거처로 돌아오지 않았다.

아마도 이곳을 완전히 떠난 것 같았다.

서울로 돌아오는 길은 또다시 침묵에 빠졌다.

티토브 정은 입을 닫았고 나 또한 아무 말도 묻지 않았다. 아니, 입을 열 분위기가 아니었다.

그가 했던 말을 묻고 싶었지만 참았다.

티토브 정이 스스로 입을 열기 전에는 아무것도 묻지 않을 생각이다.

*   *   *

청와대가 위치한 삼청동에서 얼마 떨어지지 않은 곳에 위치한 한정식 집에서 여섯 명의 인물이 식사를 하고 있었다.

그중 국회의원 배지를 왼쪽 가슴에 달고 있는 정민당의 한종태 사무총장이 상석에 앉아 있었다.

"이번에는 모양새가 어떻든 간에 그 양반이 원하는 자유경선을 통해서 후보를 정하는 것이 좋겠습니다. 그 양반이 흔들어놓으면 다 된 밥에 죽을 쑤는 꼴이 될 것입니다. 저는 이번이 아닌 다음을 노리겠습니다."

한종태의 말에 식사를 함께하는 인물들의 표정에 희비가 엇갈렸다.

한종태는 현재 연말에 있는 대선에서 유력한 정민당의 대권후보 중에 하나로 손꼽히고 있었다.

"너무 빨리 결정하신 것 아니십니까? 아직 날짜도 충분히 남아 있는데."

한종태를 후원하고 있는 한라그룹의 정태술 회장의 말이었다.

"이번 3월에 있었던 총선에서 과반수를 확보하지 못한 것이 가장 큰 원인입니다. 여론도 여당에 우호적이지 않은 상황에서 바람몰이만으로는 대선에 성공할 수 없습니다. 더구나 내가 모양새를 내면 그 양반 쪽에서도 맞불을 놓을 것이 분명합니다. 그러다가는 죽도 밥도 되지 않습니다. 천산(天山) 어른께서도 때가 아직 이르다고 하십니다."

한종태가 이야기는 그 양반은 90년에 3당 통합으로 영입된 거물 정치인인 김용삼를 두고 하는 말이었다.

김용삼은 요즘 주요 언론과의 인터뷰에서 자신에 대한 대세론을 펼치며 여론몰이를 하고 있었다.

또한 한종태가 언급한 천산(天山)은 정·재계의 막후에서 적지 않은 영향력을 행사하는 미지의 인물이었다.

그는 나라에 큰일이 있을 때에 나타나는 하늘의 천문(天

文)을 읽을 줄 안다고 알려졌다.

웬만한 위치에 있는 인물일지라도 천산이 먼저 부르지 않으면 그를 쉽게 만날 수 없었다.

"끙! 왕 회장이 나서는 바람에 판이 깨진 거지요. 노년에 손자들의 재롱이나 볼 것이지. 노망이 났는지 정치판을 미꾸라지처럼 흐려놓은 게 아닙니까?"

3선 의원이자 한종태를 적극적으로 밀고 있는 김종찬의 말이었다.

3월에 있었던 총선에서 여당은 호언장담했던 과반수를 차지하지 못했다.

그 이유 중 하나가 재계서열 1위에 올라 있는 현대그룹의 왕주영 회장이 정당을 만들어 선거에 뛰어든 결과였다.

왕주영 회장은 여당과 야당에서 공천을 받지 못한 인물들을 대거 영입하여 국회 좌석 31석을 차지하는 놀라운 성과를 냈다.

국내 언론은 물론 그 어느 누구도 예상치 못한 결과였다.

"맞습니다. 국내 경기도 어려워진 상황에서 회사 관계자들을 정치에 끌어들이다니요. 정치는 정치하시는 분들이 하시고 경영에 매진해서 나라에 힘을 보태야지요."

한종태를 후원하는 기업 중의 하나인 대용그룹을 이끌고 있는 한문중의 말이었다.

재계서열 26위에 올라 있는 한문중은 틈만 나면 한종태와 인척간이라는 사실을 주변에 떠들었다.

하지만 한종태와 한문중은 가까운 인척이 아닌 9촌 3종질 간이었다.

"음, 그분을 끝내 설득하지 못한 것이 아쉬울 뿐입니다. 하여간 청와대에는 아직 제 의중을 전하지 않았지만, 조만간 대통령과 회동이 있을 것입니다. 이번 대선에서 정민당의 후보가 승리하지 못하면 우리가 준비해 온 모든 것이 수포로 돌아갑니다. 조금 돌아간다 생각하시고, 우리에게 가져올 충분한 이득은 그 양반에게 요구할 것입니다. 저나 여기 계신 분들에게는 손해 보는 장사는 아닐 것입니다."

확신하듯 말하는 한종태의 말에 방 안에 있는 인물 모두가 고개를 끄떡였다.

"그럼 계획했던 대로 자금은 준비하겠습니다."

한라그룹 정태술의 말이었다.

"예, 대산그룹의 이 회장님 돌아오시는 대로 그에 관해서는 다시 한 번 모임을 갖겠습니다. 자! 그럼 오늘은 여기까지 하지요."

대산그룹의 이대수 회장은 미국 출장 중이었다.

한종태의 말에 식사자리에 있던 인물들이 하나둘 자리에서 일어났다.

　　　　*　　　　*　　　　*

　태백산맥 자락의 한줄기에 뻗어 나온 한 자락에는 웅장한 건물들이 자리를 잡고 있었다.

　태곳적 신비가 드리운 듯 짙은 운무가 휘감고 있는 건물의 모습이 참으로 장엄하고 아름다웠다.

　수십 채에 달하는 기와집은 마치 경복궁이나 창경궁에서 볼 수 있는 모양을 갖추고 있었다.

　이곳은 아무나 들어올 수 없는 곳으로 일반인들에게는 전혀 알려지지 않는 장소였다.

　그중 가장 큰 건물에 흰 도포와 검은 도포를 입고 있는 인물 네 명이 모여 있었다.

　그들 모두 마치 도를 닦는 도인과 같은 풍채들을 하고 있었다.

　"허허! 천산께서 자리를 비운 사이에 이런 일이 벌어지다니."

　턱 아래로 흰 수염을 멋들어지게 기른 인물들의 말이었다.

　그는 정말 산신령처럼 흰 눈썹까지 갖추고 있었다.

　"철령과 도운이 당했습니다. 더구나 도운이 당한 수법은 조선 말에 사라진 천령수(天靈手)입니다."

혹의 도포를 입은 인물은 마치 삼국지의 장비를 연상시키는 모습의 인물이 입을 열었다.

"확실한 것입니까?"

키가 참석한 인물 중에 가장 작고 미륵불처럼 자애로운 인상을 가진 인물이 물었다.

그는 흰 도포를 입고 있었다.

"예, 몇 번을 반복해서 확인했습니다. 무예랑에 적혀 있는 수법과 그에 따라 나타나는 증상이 같았습니다."

"음, 보통 일이 아닙니다. 백 년 전에 돌연 사라졌던 천령수가 다시 나타나다니."

심각한 표정을 짓고 있는 인물은 정무장관인 박철재와 한종태가 함께했던 자리에 있었던 홍무용이었다.

그는 흑천의 삼대 장로 중의 하나이기도 했다.

지금 자리에 모인 네 명의 인물 모두가 흑천을 실질적으로 이끌어가는 흑천의 장로이자 호법이었다.

"도운을 회복시킬 수는 없습니까?"

이 자리에 모인 인물 중 가장 나이가 가장 어려 보이는 인물의 말이었다.

그는 검은 도포를 입고 있었다.

어디서나 흔히 볼 수 있는 옆집 아저씨와 같은 평범하게 보이는 인물이었다.

몇 번 보지 않는다면 얼굴을 잘 기억할 수 없는 인상을 가지고 있었다.

흑천 생긴 이래 가장 빠르게 섭리와 흐름을 깨달아 진정한 고수의 반열에 든 인물 열이 있었다.

그들은 오랜 세월 백야와의 싸움에서 위기에 처한 흑천을 구한 인물들이었다.

그중 하나가 지금 자리에 함께한 백천결이었다.

그는 흑천 역사상 두 번째로 어린 나이에 호법 자리에 올랐다.

그의 나이 이제 마흔셋이었다.

흑천의 호법에 올랐던 대부분 인물의 나이가 육십에 가까웠을 때였다.

"불가능합니다. 이미 도운은 백치가 되었습니다."

도운은 백야의 인물을 제거하는 척살단 내에서도 두각을 나타냈었다.

"풍운 단주가 아직 북한 땅에 머물고 있으니, 마연에게 이 일을 전담시켜야겠습니다.

홍무영의 말이었다.

풍운은 척살단을 이끄는 단주로 현재 북한에 들어가 있었다.

심마니 정씨와 대결을 버렸던 마연은 척살단의 부단주

였다.

"마연은 한종태 총장의 호위는 맡고 있는데, 다른 인물로 대체하는 것이 어떻겠습니까?"

홍무영의 말에 키가 가장 작은 인물이 의견을 피력했다.

"마연이 적격입니다. 그의 추적술은 흑천에서 따를 자가 없습니다. 더구나 요즘 들어 철포공의 오의(奧義)를 깨달은 것 같습니다. 천령수를 쓰는 인물일지라도 쉽게 마연을 상대할 수 없을 것입니다."

"하지만 이런 상황에는 한 사무총장의 안위를 더 신경을 써야 하지 않겠습니까? 생각 같아서야 늙은 내가 움직이고 싶지만 이 모습으로는 옆에서 도움을 줄 수도 없으니."

대외적인 바쁜 정치 일정을 보내고 있는 한종태 사무총장이었다.

그와 항시 동행하며 가까운 거리에서 경호해야 하는 상황에서 겉모습과 복장도 중요했다.

"그럼 제가 가보겠습니다. 오랜만에 서울이 어떻게 변했는지 구경도 해볼 겸 말입니다."

"허허! 백 호법이 나서 주신다면야 저희야 바랄 게 없습니다."

홍무영은 밝은 웃음을 지으며 기뻐했다.

지금 이 자리에서 있는 사람들은 서로에게 명령을 내릴

위치가 아니었다.

"그러게 말입니다. 조금 성가신 일이지만 풍 단주가 북쪽에서 돌아오면 백 호법께서는 다시 총단으로 돌아오시면 됩니다."

"알겠습니다. 그럼 저는 내일 출발하는 걸로 하겠습니다."

"그럼 오늘은 여기까지 하겠습니다. 천산께서 천기관(天氣官)에서 나오시면 그때 다시 논의를 하겠습니다."

홍무영의 말에 세 사람이 자리에서 일어나 각자의 거처로 향했다.

맨 마지막에 거처를 나서는 백천결은 하늘을 올려다보았다. 태백산 쪽으로 붉은 석양이 지고 있었다.

"후후! 이제야 지루하게 끌어왔던 싸움이 끝이 보이기 시작하는군."

그는 자신이 머물고 있는 곳을 향해 몸을 움직였다.

그의 움직임은 티토브 정이 보여주었던 모습과 비슷했다.

백천결은 20m의 높이의 바위 절벽을 순식간에 넘어서고 있었다.

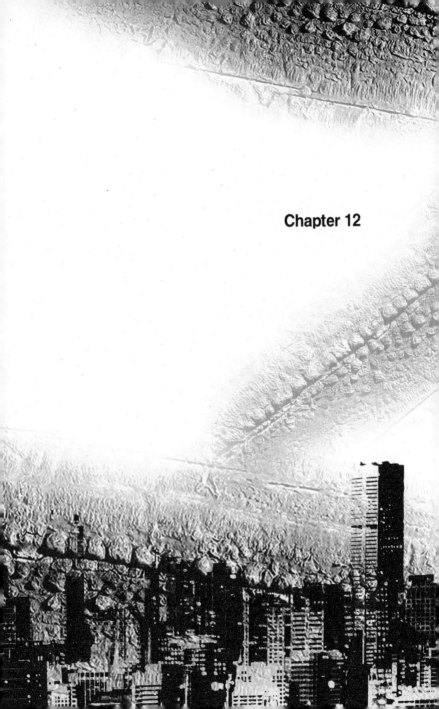

Chapter 12

　나는 다시금 소련으로 향했다.

　한국에 돌아오자마자 또다시 소련으로 출장을 간다는 것을 사람들은 잘 이해하지 못했다.

　식구들은 물론 가인이와 예인이, 그리고 회사 관계자들도 그렇게 생각했다.

　며칠 후 소련에서의 일어나는 세계적인 사건을 그들은 모르기 때문이다.

　이러한 사실을 알고 있는 사람들은 미국의 정보기관과 몇몇 나라의 정보 책임자들 정도였다.

그들 또한 소련에서 쿠데타가 일어난다는 것을 예상한 것이 아니라 이상한 정황들을 포착한 것뿐이었다.

비행기 안에는 모스크바로 출장을 떠나는 한국 사람들이 적지 않았다.

그들의 표정에는 미지의 나라로 떠나는 설렘과 긴장감을 엿볼 수 있었다.

저들과 달리 미래를 알고 있다는 것은 그런 설렘과 긴장감을 빼앗긴 느낌이 들었다.

비행기 창문에 비친 나를 보았다.

문득 이 모습이 진정 내 모습일까 하는 생각이 종종 들 때가 있었다.

'너무 많이 달라졌어.'

정말 이전의 삶과는 180도 달라진 모습과 생활이었다.

'올바른 곳을 향해 나아가고 있는 거겠지……'

이제는 점점 내가 꿈꾸며 이루어나가는 것이 올바른 것인가 하는 생각마저 들었다.

"음료를 드시겠습니까?"

때마침 스튜어디스가 음료수를 권하자 상념에서 벗어날 수 있었다. 한국으로 돌아오는 비행기에도 마주쳤던 그 스튜어디스였다.

"물 한 잔 부탁합니다."

"여기 있습니다. 전에 동행하셨던 분은 안 보이시네요."

스튜어디스는 나와 소녀를 기억하고 있었다. 소녀는 어디서나 눈에 확 띄는 금발의 미녀였다.

"예, 그 친구는 한국에 남아 있습니다."

"그러시구나. 그럼 즐거운 시간되세요."

살짝 미소를 보인 스튜어디스는 다시 음료수가 담긴 이동식 기내 카트를 밀고 뒤쪽으로 이동했다.

화장실에 갔던 티토브 정이 돌아와 자리에 앉으며 입을 열었다.

"대표님은 여자들에게 인기가 좋으십니다."

"그렇게 보이십니까?"

"방금 저 여자도 대표님에게 호감을 보이던데요."

"그냥 물 한 잔 받은 건데요."

나는 스튜어디스에게서 받은 물 잔을 보이며 말했다.

"후후! 다른 사람에게는 보이지 않던 미소를 대표님께는 보이던데요. 하여간 제 느낌이 맞을 것입니다."

"그런가요."

티토브 정의 말처럼 요즘 들어 여자들의 관심을 많이 받는 것은 사실이었다.

꾸준히 해오는 호흡과 더불어서 매일 하는 운동 덕분에 달라진 체형은 이전의 나와는 상당히 변화된 외형을 가지게 했다.

과거의 나보다 키가 5㎝ 정도 더 커진 상태였다.

이전에는 175㎝도 되지 않던 키가 어느새 180㎝로 바뀌어 있었다.

거울에 비친 얼굴 또한 고루하고 생기가 전혀 없었던 예전 모습은 온데간데없이 사라지고 전혀 다른 내가 있었다.

진한 눈썹과 함께 들어갈 때와 나올 때가 잘 어우러진 얼굴의 형태는 사람들에게 호감 가는 인상으로 바뀌었다.

더구나 회사를 운영하며 여러 사람을 만나는 위치 덕분에 입고 다니는 옷 또한 세련되고 고급스러워졌다.

지금의 내 모습은 누가 보더라도 귀한 집안에 잘나가는 자제의 모습이었다.

'후후! 달라지긴 많이 달라졌지. 이전에는…….'

이전의 삶은 한마디로 병든 삶이었다.

병든 삶이란 흐르기를 중단하고 고여 있는 쾌감을 알게 된 자에게 돌연 덮치는 것이다.

물 흐르듯이 유유히 흘러가는 유연함을 알지 못했던 때였다.

내 마음을 몰라주는 사람을 원망했었고 마음속 답답함을 들어주지 않는 세상을 향해 한탄하기만 했었다.

그때의 나는 멈춰 있었고 심하게 녹이 슬어 있었다.

'너는 내게 나쁜 것만 주는구나. 나는 네게 좋은 것만 주는데……'

　이전 삶에서 여자 친구가 나를 떠나가며 한 말이었다.

　모든 것이 불합리하다고 여겼던 때의 생각들이 머리를 하나둘씩 스쳐 지나갔다.

　하지만 지금의 나는 송 관장이 말해주었던 흐르는 자의 유연함을 확실히 깨우친 상태였다.

　어느새 비행기는 모스크바 상공에 접어들고 있었다.

　모스크바 상공에는 먹구름이 잔뜩 몰려들고 있었다. 한바탕 비가 내릴 것처럼.

＊　　　＊　　　＊

　마연은 자신을 보고도 멍한 얼굴로 하늘을 바라보고 있는 도운을 보고 있었다.

　'천령수(天靈手)라……'

　마연은 이번 일이 절대 쉽지 않겠다는 생각이 들었다.

　그의 손에는 철령의 몸에서 나온 백 원짜리 동전이 쥐어져 있었다.

　철령은 바로 이 동전에 현장에서 즉사했다.

　동전을 암기로 사용하는 것은 예부터 전해져 오는 수법

이었다.

흑천의 인물들도 동전을 암기로 사용했다.

문제는 동전의 끝자락을 갈아 날카롭게 만들지 않으면 살상 능력이 제한적이라는 것이다.

옷으로 가려지지 않은 머리나 목을 노린다면 모를까, 그렇지 않으면 동전은 살상 능력이 아닌 타격을 입히는 수단으로 사용한다.

더구나 먼 거리나 두꺼운 옷을 입고 있을 시에는 타격을 주기에도 제한적이었다.

한데 손에 든 백 원짜리 동전이 가죽옷을 입고 있던 철령의 등을 뚫고서 심장을 훼손했다.

놈은 진짜배기였다.

지금까지 마연의 손에 사라진 백야의 인물은 모두 다섯이었다.

그들과의 대결에서 얻은 상처들이 마연의 온몸 구석구석에 자리 잡고 있었다.

생사를 넘나드는 대결에서 죽을 고비도 여러 번 있었다.

5일 동안 혼수상태에 빠져 깨어나지 못했던 적도 있었지만 그 모든 과정을 경험한 후 마연은 더욱 강해졌다.

백야의 인물들과의 대결에서 얻은 실전 경험은 그 어떤 경험보다도 값진 결과물이었다.

지금 하나의 벽에 막혀 있는 마연으로서는 이번 기회가 어쩌면 자신이 넘지 못하고 있는 벽을 넘을 수 있는 기회가 될 것으로 생각했다.

더구나 자신보다 늘 앞서 나가는 척살단의 단주 풍운을 따라 잡을 기회일 수도 있었다.

삶과 죽음은 늘 종이의 한 장 차이였다.

그 찰나의 순간 속에 마연이 손에 넣고자 하는 진정한 강함이 숨어 있었다.

*　　　*　　　*

내가 한국에 가 있는 동안 모스크바 지사는 바쁜 일정을 보내고 있었다.

모스크바에 있는 식품 판매점들에게 도시락라면과 새롭게 판매하는 마요네즈, 케첩에 대한 공급 계약을 체결하는 일을 진행했다.

대략 백여 개의 식품점이 모스크바 지사와 계약을 체결했다.

대부분이 중대형 식품점으로 도시락 모스크바 판매장을 방문해서 도시락라면를 시식해 보고 결정했다.

도시락라면의 판매는 모두 현금으로 지급할 때에만 물건

을 내주는 방식으로 했다.

도시락라면의 맛과 직판 판매장을 찾아오는 모스크바 시민들의 행렬을 모두 직접 확인한 후에 결정한 일이었다.

한 달에 최대 천 박스를 요구하는 판매점부터 오십 박스까지 다양했다.

도시락라면의 주문량을 모두 합하면 만 오천 박스였다.

국내에서 소비되는 도시락라면의 절반에 해당하는 수량이었다.

거기다가 마요네즈와 케첩의 주문을 합하면 모스크바 지사에서 판매하는 양은 상당했다.

청일식품에서 1차로 보내지는 마요네즈와 케첩은 다음 주에나 모스크바에 도착할 수 있었다.

문제는 4일 후에 벌어질 소련의 쿠데타였다.

쿠데타 이후 보리스 옐친이 완전하게 정권을 장악하기까지 소련의 국가 시스템과 함께 물류 시스템도 원활하게 돌아가지 않았다.

그 때문에 모스크바는 물론 소련의 대도시들은 심각한 식량난을 겪었다.

이미 내가 서울로 들어가기 이전에 주문했던 물량은 모스크바에 도착해 있었다.

한편으로 모스크바에 도착하자마자 한두 달은 충분히 생

활할 수 있는 식료품을 준비하라고 직원들에게 지시했다.

내 말에 의아심을 품는 직원이 대부분이었다.

"잘 오셨습니다. 내래 강 대표님이 없으니까 너무 적적했었습니다."

김만철은 나를 보자마자 크게 반겨주었다.

"별일 없으셨죠?"

"저야 별일이 없었는데 직원들에 좀 문제가 생겼네요."

뒷머리를 매만지는 김만철은 좀 난감한 표정으로 말했다.

"그게 무슨 말씀이시죠?"

"경비 훈련을 받던 직원 중 세 명이 그만두었습니다. 훈련이 너무 힘들다고 하면서."

내가 모스크바를 떠났을 때 경비 훈련을 받던 인원은 열한 명이었다.

그중 세 명이 그만두었다면 이제 남은 사람은 여덟 명뿐이었다.

"아니, 다들 훈련을 잘 받고 있지 않았습니까?"

"그게 대표님이 떠나면서 제대로 된 경비 인력이 되었으면 좋겠다는 말에 일린이 훈련 강도를 높였습니다. 제가 볼때는 충분히 버틸 수 있는 훈련이었는데……."

김만철과 일린은 북한과 소련 최고의 특수부대 출신이었다.

김만철의 말에 어떤 훈련인지 상상이 되었다.

힘들고 고된 훈련에도 떠나지 않은 인원들이 대단하다는 생각을 했다.

"그분들에게 보너스를 드려야겠네요. 다들 아르바트 지사로 오라고 하세요."

아르바트 거리에 위치한 건물에는 판매장과 함께 모스크바 지사 사무실이 함께 자리하고 있었다.

한 시간 후 고된 훈련을 마친 인원들이 건물의 3층에 마련되어 있는 회의실에 모였다.

다들 지친 기색이 역력했다.

내가 이들과 처음 마주했던 것은 제련 공장에서였다. 회의실에 모인 인물들 모두가 다부진 체격들이었다.

한 달 넘게 진행되어 온 훈련을 통해서 그들은 더욱 단련되었고 더 강해졌다.

일반적인 노동자에서 이제는 예전 그들이 군대에서 가지고 있었던 날카로운 모습으로 돌아와 있었다.

그들의 훈련을 지도했던 김만철과 일린이 보통 인물이 아니라는 것도 한몫했다.

"그동안 정말 수고가 많았습니다. 여러분은 앞으로 우리 회사를 위해서 많은 일을 하실 것입니다. 회사는 분명히 그에 대한 대가를 충분히 지급할 것입니다. 우선 앞에 놓인 신발들을 신어보시고 맞는 치수로 하나씩 가져가십시오."

나는 이번에 타고 온 비행기를 통해서 백 켤레의 닉스 신발을 가져왔다.

한눈에 보아도 고급스러운 운동화를 본 직원들의 얼굴에 환한 미소가 피어났다.

이런 고급스러운 운동화는 한 달 치 월급을 다 투자해야 할 정도로 고가에 팔리고 있었다.

더구나 돈이 있어도 이런 스타일의 운동화는 쉽게 구할 수 없었다.

각자 자신의 발에 맞는 운동화를 고른 인물들에게 나는 다시 흰 봉투를 하나씩 나누어 주었다.

아직 월급날이 아니었기에 다들 어리둥절한 표정들이었다.

"힘든 훈련을 견뎌준 여러분에게 드리는 보너스입니다. 우리 도시락은 직원들의 노고를 절대 잊지 않습니다."

봉투를 열어본 직원들의 얼굴은 함지박만 한 웃음이 지어졌다.

봉투에는 루블화가 아닌 달러로 이백 달러가 들어 있었다.

이백 달러는 자신들이 받았던 월급에 두 달 치가 넘는 금액이었다.

더구나 소련에서 달러는 가장 쓸모 있고 환영받는 화폐였다.

루블화는 소련의 불안한 정국처럼 계속해서 환율이 오르고 있었다.

"정말 열심히 하겠습니다."

"하하! 이런 보너스는 처음 받아봅니다."

직원들 모두가 기쁨의 웃음을 지으며 말했다.

그도 그럴 것이 제련 공장에서 받았던 월급으로는 간신히 먹고사는 수준이었다.

한국인이 내가 세레브로 제련 공장을 인수할 때에 근무하던 직원들은 나를 적대시하는 눈빛을 보냈었다.

현재 제련 공장은 낡은 장비들이 교체되는 과정에서 직원들의 식당을 새롭게 만들고 있었다.

소련에서는 먹는 문제가 큰 비중을 차지했다.

잘 먹여주는 것만으로도 만족하는 사람들이 있을 만큼 식량 문제가 심각해져 있었다.

"앞으로도 여러분이 지금처럼 열심히 일해주신다면 저는 여러분을 절대로 잊지 않고 보답할 것입니다. 그리고 판매장에서 각자 도시락라면 두 상자씩 가지고 가십시오."

내 말에 직원들은 모두 감격하는 표정이었다. 도시락라

면에 대해 직원들은 잘 알고 있었다.

고된 훈련 후에 간식으로 한국의 도시락라면을 주었다. 그때 직원들 모두가 도시락라면 맛에 빠져들고 말았다.

사실 이들은 경비 훈련을 받은 것뿐이었지 아직은 회사를 위해 일을 한 것이 없었다.

그런데도 회사의 대표가 직접 나서서 자신들을 살피고 챙겨주자 고된 훈련 속에서 들었던 회사에 대한 강한 거부감이 눈 녹듯 사라져 버렸다.

지금 자신들의 선택이 얼마나 잘한 일인지 다시금 느끼는 순간이기도 했다.

직원들이 모두 판매장으로 내려가자 김만철이 나를 보며 말했다.

"이거 정말 사람을 다루시는 기술이 장난이 아니십니다. 다들 대표님을 위해서 뭐든지 할 표정들이었습니다."

"사람을 다루는 것이 아니라 진심이 통한 것입니다. 저는 회사를 위해서 열심히 일하는 직원들에게 반드시 그만한 대가를 지급할 것입니다."

"하하! 제가 말을 잘못했나 봅니다. 저도 대표님의 진심을 보고 따르는 것인데."

"자! 우리도 뭘 먹으러 갈까요?"

"제가 좋은 음식점을 알아냈습니다. 오늘은 다시 돌아오신 기념으로 제가 사겠습니다."

"좋죠."

우리가 향한 곳은 아르바트 거리에서 얼마 떨어지지 않은 곳에 위치한 식당이었다.

티토브 정과 일린도 동행했다.

식당 안은 적지 않은 사람들로 붐비고 있었다. 식당은 이탈리안 요리와 터키 요리를 팔고 있었다.

소련이 개방정책을 펼치자 한 이탈리아 부부가 과감하게 소련에 들어와 식당을 차린 것이다.

주인 여자의 어머니가 터키 출신이어서 두 나라의 음식을 함께 맛볼 수 있었다.

각자가 취향에 맞는 요리를 시켰다.

나는 터키 음식인 되네르케밥과 파를라스 돌마를 시켰다.

되네르케밥은 커다란 꼬챙이에 엇갈리게 쌓아올린 고기를 끼워 그릴 앞에 세워놓고 서서히 돌리면서 완성했다.

파를라스 돌마는 다진 고기와 채소를 섞어 싱싱한 가지 안에 채워진 요리였다.

식당 안은 대부분이 외국인으로 보이는 손님들로 가득했다.

사실 가격대를 보면 일반 서민이 먹기에는 조금 부담스

러운 가격이었다.

"오! 정말 맛있는데요."

터키 요리는 재료와 오랜 역사 그리고 전통의 삼박자가 어우러져 프랑스, 중국과 더불어서 세계 3대 요리로 칭송받고 있다.

"그렇죠. 제가 여기 음식을 맛보고 다음 날 다시 왔다니까요."

김만철이 먹고 있는 요리는 닭고기 요리였다.

티토브 정과 일린 또한 쉴 새 없이 접시에 손이 가고 있었다.

그때였다.

"혹시! 강 대표님 아니세요?"

누군가 나를 알아보고는 말을 붙여왔다.

뒤를 돌아보자 어디서 본 듯한 여자가 서 있었다. 누구인지 금방 떠오르지 않았다.

"누구……?"

"롯데백화점의 이은미입니다."

"아! 미안합니다. 여긴 어쩐 일이십니까?"

이은미는 닉스의 신발을 롯데에서 추진했던 영마켓에 입점시키려고 홍대에 있는 닉스 본사를 방문했었다.

그녀가 좋은 조건을 제시했지만 결국 나는 신세계를 선

택했다.

"일 때문이죠. 본사에 모스크바에 백화점을 추진하고 있어요."

신세계백화점이 모스크바에서 철수하자 롯데백화점은 이 기회를 살리려고 했다.

"아! 그렇습니까."

"대표님은 모스크바에 어쩐 일이세요? 분명 비즈니스 때문에 오신 것 같은데."

"예, 저도 사업차 머물고 있습니다."

"잘됐네요. 그렇지 않아도 한국에 들어가면 대표님에게 부탁할 게 있어서 만나뵈려 했는데. 여기 제가 묵고 있는 호텔 전화번호입니다. 꼭 시간 좀 내주세요."

이은미는 재빨리 수첩을 꺼내 전화번호를 적어주었다.

"예, 알겠습니다. 제가 저녁때쯤 전화드리겠습니다."

"기다릴게요. 그럼 맛있는 식사 되세요."

이은미는 가볍게 목례를 하고는 일행들이 있는 테이블로 향했다.

"미인입니다."

김만철의 말이었다. 그는 나와 이은미의 관계를 물어보는 것 같았다.

"저보다 나이가 많습니다. 저는 연하가 좋습니다."

"하하하! 그렇습니까, 제가 미처 몰랐습니다."

즐거운 웃음을 토해내는 김만철의 표정은 많이 달라져 있었다. 처음 만났을 때의 지치고 어두운 표정은 진작 사라지고 없었다.

"한데 제가 부탁했던 것은 준비해 두셨습니까?"

내가 조심스럽게 이야기를 꺼내자 김만철의 표정이 바뀌었다. 내가 부탁한 것은 개인 화기인 소총이었다.

"예, 경비원 모두가 무장할 수 있게끔 준비해 놨습니다. 그런데 마피아하고 전쟁이라도 하시려고 하십니까?"

김만철은 내가 모스크바의 마피아와 일전을 벌이는 게 아닌가 생각하고 있었다.

"그건 아닙니다. 우리 회사와 직원들을 지키기 위한 자위권 형태라고 보시면 됩니다."

"그게 무슨 말씀이십니까?"

티토브 정이 내 말에 반문했다.

"제가 이런 이야기를 하면 어떻게 들으실 줄 모르겠지만 저를 믿고 들어주시면 좋겠습니다. 앞으로 삼 일 후 소련에서 큰 변고가 일어날 것 같습니다."

내 말에 세 사람의 눈이 모두 나에게로 쏠렸다.

대화하지 않고 계속해서 음식만을 먹던 일린까지 수저를 놓았다.

"큰 변고라는 게 뭘 말씀하시는 것인지?"

김만철의 물음에 어디까지 말을 꺼내야 할지 몰랐다.

무턱대고 1991년 8월 19일에 소련에서 쿠데타가 일어난다고 말을 하는 것도 우스웠다.

쿠데타가 사실로 일어난다는 것을 입증할 방법도 지금은 사실 없었다.

'뭐라고 설명해야 하지⋯⋯.'

무작정 미래의 일을 알고 있다고 말하는 것도 말이 안 되었다.

Chapter 13

　나는 고심 끝에 입을 열었다.

　"혹시 예지몽이라고 들어보셨습니까?"

　"예지몽이라면 단어 그대로 앞날을 꿈으로 비춘다는 뜻
이 아닙니까?"

　김만철은 내 말에 바로 반응을 보이며 말했다.

　"예, 바로 맞습니다. 제가 어린 나이에 이런 사업을 할 수
있었던 것도 다 예지몽 때문입니다. 어떤 큰 사건을 만나
갈림길에 서 있거나 중요한 결정을 할 때마다 마치 눈앞에
서 그려지는 것처럼 예지몽을 꿨습니다. 한데 그 꿈이 지금

까지 그대로 이루어졌습니다."

'이게 제일 나은 방법이다.'

무슨 말이 나올까 하고 내게 집중하고 있던 세 사람은 예지몽이란 말에 약간은 실망한 표정들이었다.

"하하! 그래서 소련에 큰 변고가 발생하는 예지몽을 꾸셨다는 것입니까?"

김만철은 내 말을 믿지 않는 것 같았다.

"예, 맞습니다. 제 꿈에 수많은 탱크와 장갑차들이 모스크바로 진입하는 모습과 함께 고르바초프 대통령은 크림반도에 있는 별장에서 자유가 박탈된 채 감금되어 있는 모습이었습니다. 그때 러시아공화국 의사당 앞으로 수많은 시민이 모여들었고 시민들을 이끄는 인물이 있었는데, 그게 바로 보리스 옐친이었습니다. 그는 시민들과 함께 모스크바로 진입한 군대에 끝까지 저항했습니다. 더구나 이들은……."

내가 직접 눈으로 본 것처럼 구체적으로 말하자 세 사람의 눈빛이 달라졌다.

고르바초프가 어디에 있는지 모르는 상태에서 구체적인 지명과 함께 개혁파의 기수인 보리스 옐친의 활약상을 이야기하자 장난처럼 들리지 않았던 것이다.

더구나 한 나라를 다스리는 대통령의 행방은 언론에도

알려지지 않을 때가 많았다.

"그럼 대표님이 지금까지 꿨던 예지몽이 다 맞았습니까?"

이번에는 티토브 정이 내게 물었다.

"예, 대부분 다 이루어졌습니다. 저도 왜 이런 꿈을 꾸게 되었는지는 잘 모르겠습니다. 제가 총을 구해달라고 한 이유도 큰 변고를 대비해서 우리 스스로 회사를 지켜야 하기 때문입니다."

"알겠습니다. 그럼 말씀하신 대로 고르바초프가 현재 크림반도에 있는 별장에 있다면 대표님의 말을 모두 믿겠습니다. 그에 대한 사실 여부는 제가 알아보겠습니다."

티토브 정의 말이었다.

그가 이전에 무슨 일을 했는지는 정확히 모르지만 김만철의 말을 빌리면 소련의 정보부와 관계되지 않았나 추측할 수 있었다.

"그러면 되겠네요. 정부의 주요 관계자가 아니면 모르는 사실을 대표님이 알고 있다는 것은 정말 예지몽이라고밖에는 말할 수 없겠지요."

김만철도 티토브 정의 말에 찬성하는 의견을 내었다.

"만약 내 말이 사실이면 여기 계신 분들은 제 말에 무조건 따라주셔야 합니다."

"그냐 물론이지요."

"알겠습니다."

"하하! 저도 마찬가지입니다."

두 사람과 함께 일린이 나를 보며 웃으며 말했다.

'휴! 설득하기도 쉽지 않군. 하긴 나도 이런 소리를 들었으면 말도 안 되는 이야기라 치부했겠지.'

쿠데타를 대비할 시간이 얼마 남지 않았다.

역사의 큰 줄기가 되는 소용돌이 속으로 내가 휘말려 들어갈 줄은 꿈에도 생각지 못했다.

*　　　*　　　*

정확하게 하루 뒤 티토브 정은 내가 했던 말을 확인했다.

고르바초프 소비에트연방 대통령은 현재 크림반도 별장에 머물고 있었다.

나의 말이 사실로 드러나자 김만철과 티토브 정은 나를 신기하다는 듯이 쳐다보고 있었다.

"너무 그런 눈으로 보지 마세요."

"허! 정말 이야기를 듣고도 믿지 못하겠습니다. 저는 앞으로 어떻게 될 것 같습니까?"

김만철은 믿을 수 없다는 말투로 물었다.

"하하! 제가 점쟁이도 아니고 어떻게 알겠습니까. 예지몽은 매일 꾸는 게 아닙니다. 저도 몇 번 꾸지 못했는데 꿈에서 본 일이 모두 실제로 일어났기 때문에 그냥 지나치지 않은 것뿐입니다."

"어쨌든 간에 참 신기합니다. 꿈으로 앞날을 알 수 있다는 게요. 꿈속의 내용만 보면 쿠데타가 일어나는 모습인데, 혹시 쿠데타의 주모자들은 꿈속에서 보셨습니까?"

김만철의 말에 쿠데타의 주동자들이 머릿속에 떠올랐다.

소련에서 쿠데타가 일어나고 나자 주도 세력은 고르바초프를 감금한 상태에서 그가 와병으로 사임했다는 발표와 함께 6개월간의 비상사태를 선포했다.

그리고 국가 비상사태위원회가 전권을 장악했음을 알리는 담화문을 발표했다.

비상사태위원회에 속한 위원들은 야나예프 부통령, 파블로프 총리, 바크라노프 국방위원회 제1부의장, 크류츠코프 KGB(국가보안위원회)의장, 야조프 국방장관, 푸고 내무장관, 스타로두부체프 농민연맹 위원장, 티지야코프 국가기업협의회 의장이었다.

이들은 소련의 체제 유지를 적극적으로 옹호하던 강경보수파였다.

KGB와 군부, 관료가 섞인 보수파는 소련 인민의 불행을 가져올 것으로 생각되는 신연방조약에 대해 크게 반발하여 쿠데타를 일으키게 되었다.

신연방조약은 연방정부와 각 공화국 간에 새롭게 체결하기로 한 조약으로 연방 권력을 대폭적으로 각 공화국에 이양하는 규정을 담고 있었다.

신영방조약은 옐친의 급진개혁, 즉 자본주의적 개혁을 고르바초프가 수용하여 받아들인 결과물이었다.

신영방조약의 체결의 이면에는 1991년에 들어서면서 경제 위기가 더욱 심각해지면서 1920년 이후 처음으로 마이너스 성장을 기록하는 등, 1991년 초반부터 소련 경제에 대한 위기감이 실제적인 피부로 느껴졌다.

옛 체제의 파괴가 가속화된 반면에 새로운 체제는 아직 만들어지지 못해 대혼란을 빚기 시작한 것이다.

더구나 소련 내의 공화국 간, 지역 간, 기업 간의 협력관계가 무너지면서 원료와 자재 등의 유통·공급 시스템이 급속도로 파괴되었다.

이 때문에 대다수의 사람이 장래에 대한 확신을 잃고 자신과 가족, 그리고 국가의 운명에 공포와 불안을 느끼기 시작했다.

시민들의 불만은 가중되어 갔고 불만은 페레스트로이카(개혁개방)를 주도했던 세력인 온건 개혁파에게 쏟아졌다.

한마디로 사회와 경제를 파탄으로 몰고 갔던 국가사회주의 체제를 바꾸면 금방 좋아질 것처럼 말해왔지만, 결과적으로 지난 6년 동안 나아진 것이 없었다.

코너에 몰린 온건 개혁파는 급진파와 손을 잡을 수밖에 없었고 8월 20일에 신연방조약을 체결하기로 한 것이다.

신연방조약의 규정에는 각 공화국 체제의 선택권까지 담고 있었다.

신연방조약이 체결되면 사실상 소비에트연방의 해체나 다름없었다.

각각의 공화국은 자본주의 시장경제 체제로 급속도로 바뀔 것이 분명했다.

한마디로 보수파가 속해 있는 소련 공산주의의 완벽한 괴멸이었다.

1918년에서 1980년대 말까지 소련공산당은 소련의 정치·경제·사회·문화 전반을 지배하는 일당독재체제를 이루었고, 소련 정부를 관리 통제하는 헌법과 법령들은 사실상 공산당과 그 지도부의 정책에 종속되어 있었다.

보수파는 이런 연방의 분열과 시장경제의 급속한 도입을 용납할 수 없었다.

"그들이 어떤 인물들인지는 모릅니다. 하지만 분명히 한두 명이 아닌 소련의 핵심 인물들이 모여서 일을 진행했었습니다."

나는 쿠데타를 주동한 인물들이 누군지 알고 있었다.

"알겠습니다. 저희가 어떻게 하면 되겠습니까?"

"혼란스런 사태가 일어나면 모스크바의 치안 상태가 급격히 나빠질 것입니다. 거기에다 한동안 국가 운영 시스템도 제대로 작동하지 않을 수도 있어서 지금보다도 식량 공급 상황이 안 좋아질 것이 뻔합니다. 그렇게 되면 소련 국민들의 불만은 극에 달해 식량을 보관하는 창고나 식료품 판매소들이 약탈의 대상이 될 수 있습니다. 저희도 그러한 상황에서 예외가 될 수 없겠지요."

"무슨 말씀인지 알겠습니다. 대표님이 준비하라고 하신 일련의 일이 다 이 사태를 대비한 것이었군요."

김만철이 고개를 끄떡이며 말했다.

"예, 회사와 회사의 자산은 우리 손으로 지킬 수밖에 없는 상황이 닥칠 것입니다. 한편으로는 충분한 식량을 확보해서 진정으로 어려운 사람들을 도울 수 있다면 이번 기회에 도시락의 이미지가 크게 향상될 수 있을 것입니다."

"좋은 생각이십니다. 어려운 일이 생길 때에 이웃을 외면하지 않으면 분명 그만한 대가가 돌아올 것입니다. 제가 이래서 대표님을 신뢰하고 따르나 봅니다."

김만철의 말에 티토브 정이 무거운 입을 열었다.

"이러한 일을 외부에 알려야 하지 않겠습니까?"

"사실 그런 고민을 해보지 않은 것은 아닙니다. 그런데 저와 함께 생활해 온 여러분도 제 예지몽을 처음부터 믿지 않은 것처럼 다른 사람은 더 믿지 않을 것이 분명합니다. 말을 한다 하더라도 제 말을 믿고 대비하는 사람은 극히 적을 것입니다. 아니, 거의 없다고 봐야 합니다. 일어날 변고의 증거를 보여주기 위해 고르바초프 대통령이 크림반도에 위치한 별장에 머물고 있다는 것을 이야기한다면 그 사실을 알게 된 경위부터 소상히 말해야 할 수도 있습니다. 더구나 정부 관료에게 잘못 전달되면 자칫 우리가 간첩으로 몰릴 수도 있습니다."

사실 앞으로 일어날 쿠데타에 관한 일을 꺼낸 것도 많은 고민이 따랐다.

문제는 혼자서 그에 관한 대비를 할 수 없었기 때문에 우회적으로 쿠데타에 대한 이야기를 전달했다.

더구나 현재 쿠데타를 주도하는 세력 중에 하나가 KGB(국가보안위원회)였다.

KGB는 소련이 국가 권력을 유지하기 위해 자국민과 외국인의 활동을 감시·통제하던 비밀경찰 및 대외첩보 활동을 벌인 첩보조직이다.

나 또한 외국인이기 때문에 KGB의 감시 대상 중의 하나

일 수도 있었다.

혹시나 내 이야기가 KGB의 귀에 들어간다면 지금 모스크바에 준비하고 해오던 모든 일이 하루아침에 물거품이 될 수도 있었다.

더구나 그리되면 역사의 큰 흐름을 인위적으로 간섭하고 방해할 수 있는 일이 되어 실제 역사를 왜곡시킬 수도 있다는 것이 더 큰 문제였다.

큰 줄기는 아니었지만 내가 알고 있던 과거와 조금 달라진 일들도 있었기 때문이다.

"음, 그럴 수도 있겠습니다. 대표님의 말이 사실로 일어나지 않는 것이 가장 좋겠지만 지금은 빈틈없이 준비하는 것이 중요하겠네요."

김만철의 말에 티토브 정이 고개를 끄떡였다.

"두 분께서 회사마다 경비 인력을 잘 배치해 주십시오."

내가 현재 모스크바에서 소유하고 있는 회사는 세레브로 제련 공장과 아르바트 거리에 위치한 도시락 회사였다.

거기에 상당한 금괴를 보관하고 있는 스베르 건물이었다.

소련에 진출한 도시락은 아예 한국에 있는 도시락과 별도의 회사로 독립할 생각이었다.

그 모든 게 김대철 사장의 행동 때문이었다.

"알겠습니다. 저희가 책임지고 회사의 자산을 지키겠습니다."

두 사람이 대표실에서 나가고 곧바로 빅토르 최가 들어왔다.

"밀가루와 통조림 확보는 어느 정도나 되었습니까?"

"밀가루는 충분히 확보에서 지금 모스크바로 오고 있습니다. 통조림도 내일이면 목표로 했던 물량을 채울 수 있습니다."

현재 오천 명 정도가 한 달을 먹을 수 있는 식료품을 구매하고 있었다.

한국에서 구매해서 가지고 오기에는 너무 시간이 소요되었다.

사회의 혼란을 빌미로 자신의 부를 구축하려는 빈대 같은 자들과 달리 나는 쿠데타를 이용해서 돈을 벌 생각은 없었다.

"잘됐네요. 빈 창고를 확보해서 물량을 계속 채우도록 하세요. 창고가 확보되지 않으면 스베르 건물을 이용해도 됩니다."

스베르는 보관 중인 금괴 때문에 아직 이용을 제한하고 있었다.

"예, 그렇게 하겠습니다. 한데 이렇게 많은 식료품을 왜 구매하시는 것인지 여쭤 봐도 되겠습니까?"

빅토르 최가 궁금한 눈으로 물었다.

"며칠 안에 모스크바에 큰 변고가 생길 겁니다. 그때가 되면 지금 준비하고 있는 것들이 큰 역할을 하게 될 것입니다. 자세한 것은 저도 그때가 되어 봐야 알 수 있습니다. 식료품 확보에 변동이 생기면 바로 알려주세요."

빅토르 최의 궁금증을 해결하기에는 조금 모호한 말이었다.

"예, 그럼 저는 나가보겠습니다."

빅토르 최의 보고까지 끝나자 벌써 어스름한 노을이 지는 저녁이 되었다.

나는 이은미가 묵고 있는 호텔로 전화를 걸었다.

*   *   *

이은미가 묵고 있는 호텔에 위치한 레스토랑에서 그녀와 저녁을 먹으며 이야기를 나누었다.

"정말 대단하세요. 언제 이곳까지 진출하신 거예요?"

"그리 대단한 일도 아닙니다, 아직은 시장조사 차원입니다. 본격적으로 일을 진행하기에는 시간이 좀 더 필요합니다."

나는 이은미에게 모든 걸 다 말해줄 필요성을 느끼지 못했다.

"모스크바 진출은 대기업에서도 쉽게 추진하지 않는 일인데요. 저희도 백화점 자리를 알아보고 있는데 쉽지가 않네요. 괜찮은 건물이 나왔는데 너무 터무니없는 가격을 요구하고 있어서요. 더구나 관계 업무를 보는 정부 관리들도 엉망이고요"

"다들 애를 먹는 부분이죠."

"그러게요. 이렇게까지 꽉 막힌 곳인지 몰랐네요. 아까는 정말 반가웠어요."

옅은 화장기가 있는 이은미는 특유의 세련미가 넘쳐났다.

"저도 반가웠습니다. 한데 저에게 부탁하신다는 말은 무엇입니까?"

"예, 꼭 부탁할 일이 있습니다. 스베르 건물을 저희에게 임대하셨으면 합니다."

이은미의 입에서 생각지도 못한 말이 나왔다.

"스베르라니요?"

나는 일부로 스베르에 관해서 이은미에게 되물었다.

"저희가 알아본 바로는 강 대표님이 소유하고 계신 걸로 알고 있습니다. 지금 임대를 추신하는 건물은 사실 백화점으로는 너무 작은 건물입니다. 새롭게 땅을 사들여서 건물을 지어 올리기도 힘든 나라라서 아예 그 방법은 제외했습니다."

"제가 소유했다고 누가 그러던가요?"

"호호! 저희도 시장조사를 그냥 하지는 않습니다. 뭐, 대표님의 소유라는 정보를 얻는 되는 돈이 좀 들어갔지만요. 처음 그 소리를 전해 들었을 때는 꽤 놀랐습니다. 사업수완이 보통이 아닌 것을 알았지만, 이 정도였는지는 몰랐거든요."

모스크바에서 백화점을 열기 위해서는 장소와 입지 조건이 중요했다.

거기에 사람들이 쉽게 왕래할 수 있는 교통까지 좋으면 금상첨화였다.

스베르는 그 모든 조건을 충족시키는 건물이었다.

롯데에서 건물을 얻기 위해 시장조사를 하게 되면 충분히 비어 있는 스베르를 조사할 수 있었다.

신세계 또한 그러한 조사 과정에서 스베르를 계약하려고 했었다.

"음, 이미 알고 계신다니 부인은 하지 않겠습니다. 엄밀히 말하면 제 소유는 아니고 저도 임대한 상태입니다."

"저희가 알아본 바로는 장기간 임대하신 것 같은데, 저희

에게 재임대를 해주시죠. 아직 특별한 계획이 없으시다면
요. 건물 전체의 수리비용과 함께 임대비용은 최고로 해드
릴게요."

"글쎄요. 너무 갑작스러운 제안이라서 뭐라 말을 해야 할
지 모르겠습니다."

나는 난처한 표정을 지으며 말했다. 그러자 이은미가 다
시 입을 열었다.

"한 가지 더 제안을 드리죠. 스베르를 임대하신 비용을
저희가 부담하겠습니다. 아니면 다른 조건을 제시하셔도
됩니다."

사실 스베르의 임대 조건으로 건물의 수리와 함께 외무
성에 매년에 1만 달러를 지급하는 조건이었다. 그 정도의
비용은 내게 부담되는 금액은 아니었다.

이은미는 스베르의 임대 조건은 잘 모르는 것 같았다. 하
지만 건물의 수리비용을 모두 부담한다는 말은 구미가 당
기는 제안이었다.

"말씀대로 아직은 스베르을 이용할 계획을 하고 있지 않
았습니다. 하지만 올해 수리를 마치고 내년에는 회사에 필
요한 건물이라서 어떤 식으로든 활용할 계획입니다."

"물론 그러시겠죠. 그래서 제가 회사를 대표해 부탁을 드
리는 것입니다. 백화점이나 쇼핑센터로 적격인 건물을 단

순히 업무 용도로만 사용하기에는 너무 아까워서 말씀을 드리는 것도 있습니다."

이은미는 오로지 내가 닉스 하나만을 운영하는 걸로 알고 있었다.

"무슨 말씀인지 알겠습니다. 충분히 검토한 후에 알려드리겠습니다. 한데 한국에는 언제 들어가시나요?"

"5일 후에 들어갈 예정입니다."

"음, 이런 말을 어떻게 들리실지는 모르겠지만 내일이라도 당장 한국행 비행기를 알아보십시오. 모스크바에서 뭔가 큰일이 일어날 거라고 소련 정부관계자가 알려주었습니다. 한동안 모스크바공항이 폐쇄될지 모른다고 합니다."

"그게 무슨 말씀이죠?

이은미는 나의 말에 놀란 표정으로 물었다.

"저도 자세한 사항은 모릅니다. 하지만 헛말을 하는 분이 아니라서 저도 비행기 표를 알아보고 있습니다."

"저는 처음 듣는 말이라서 어떻게 해야 할지 모르겠네요. 처리해야 할 일도 남아 있는데."

이은미는 나의 말을 반신반의하는 것 같았다.

"회사 일도 중요하지만, 자칫 위험한 일에 휘말리게 될 수도 있는 상황이 일어날 수 있습니다. 그렇게 되면 오히려 계획하고 있으신 일이 더 늦어지게 될 겁니다. 하여간 전 모스크바를 곧 떠날 생각입니다."

하지만 이은미에게 한 말과 달리 지금 난 모스크바를 떠날 생각이 없었다.

단지 그녀가 이곳을 떠날 생각을 가지게 하려고 한 말이었다.

"음, 회사와 협의를 해봐야겠네요. 하여간 알려주셔서 감사해요."

"낯선 나라에서는 서로 도와야죠. 그럼 저는 이만 가보겠습니다. 저녁 맛있게 먹었습니다."

이은미가 먼저 식사비용을 지급한 상태였다.

"예, 좋은 소식 기대할게요."

"좋은 저녁 보내십시오."

이은미의 말에 인사를 건네고 호텔을 나와 다시 회사로 향했다.

쿠데타가 코앞에 닥친 상황에서 쉴 수가 없었다.

* * *

하루가 순식간에 지나갔다.

강경보수파가 일으키는 쿠데타에 대비한 밀가루와 통조림을 아르바트 판매장과 지하층 창고에 가득 채웠고 스베르 건물에도 상당량의 식료품을 저장했다.

그와 별도로 모스크바 도시락 지사 근방에 위치한 창고를 임대하여 장기간 보관할 수 있는 빵과 햄을 구매하여 보관했다.

상당량의 식료품을 준비 과정에서 적지 않은 돈이 지출되었다.

김만철과 티토브 정도 바쁘게 움직이며 회사 건물들을 경비하기 위한 만반의 준비를 마쳤다.

훈련을 마친 경비 인력은 내가 지급한 보너스에 사기가 놓았고 회사와 나를 신뢰하게 되었다.

이제 내일모레가 되면 전 세계의 이목이 모두 소련으로 쏠리게 될 것이다.

"후! 별일 없겠지,"

4층에 위치한 사장실에서 아르바트 거리를 바라보고 있었다.

거리를 지나는 사람들은 앞으로 일어날 일에 대해 전혀 모르는 듯 즐거운 표정들이었다.

"전혀 알 리가 없겠지. 자, 그럼 직원들을 만나러 가볼까."

나는 도시락에 근무하는 직원들을 모두 회의실로 모이게 했다.

도시락 모스크바 지사에 근무하는 직원들은 모두 열세 명이었다.

사무실 직원과 판매장에서 근무하는 직원, 그리고 물건을 운송하는 직원들이었다.

잡담을 나누던 직원들은 내가 회의실로 들어서자 모두 나에게 시선을 집중했다.

소련 현지 직원들은 다른 회사보다도 좋은 근무환경과 급여 조건에 다들 만족하고 있었다.

"앞서 말씀드린 대로 회사는 오늘부터 5일 동안 잠정 휴무에 들어갑니다. 휴가 기간 동안 비상연락망을 항시 확인하시고 회사의 연락이 갈 때까지 휴가를 보내시면 됩니다. 만약 무슨 일이 생기면 회사로 곧장 연락을 주시길 바랍니다. 또한 될 수 있으면 며칠 동안 외출을 삼가시는 것이 좋을 것입니다."

직원들은 내 말을 이상하게 생각하지 않았다.

휴가 기간인 5일이면 어느 정도 쿠데타가 정리되는 시점이었다.

보수파가 일으킨 쿠데타는 3일 후에 실패로 돌아가기 때문이었다.

나는 직원들에게 내일모레부터 모스크바에서 대규모로 벌어지는 군사훈련 때문에 5일 동안 회사 문을 닫는다고 말했다.

군사훈련으로 곳곳에 통제가 이루어져 판매장을 열어도 손님이 없을 것이라는 말을 덧붙였다.

직원들이 알지 못하는 정보를 친분 관계가 있는 고위 관료를 통해 들었다고 말했다.

그 이유는 내가 소련의 고위 관료와 유대 관계가 있다는 것을 직원들도 어렴풋이 알고 있기 때문이었다.

그도 그럴 것이 호도르콥스키와 함께 참석했던 장소에서 보리스 옐친을 만나 악수를 했던 장면이 한 신문에 우연히 게재되었다.

한참 뜨고 있는 보리스 옐친의 행보에는 늘 기자 몇몇이 따라다녔다.

때마침 옐친 후원회에 참석한 한 기자가 사진을 찍어 신문에 기사를 낸 것이다.

그리 유명한 신문사는 아니었지만 그 신문을 우연히 본 직원 중에 하나가 회사로 가져와 직원들에게 알렸다.

더구나 스베르 건물의 인수와 관련되어 친해진 외무성에 근무하는 포타닌인 아르바트 판매장을 방문하여 나를 만난 적이 있었다.

그때 포타닌이 타고 온 관용차에 소련 외무성을 나타내는 표식이 되어 있었다. 어느 정도 지위가 되지 아니면 탈

수 없는 관용차였다.

이래저래 나는 소련의 고위 관료들과 친분이 두터운 사람으로 인식되었다.

그 결과 직원들은 나를 어려워하면서도 신뢰하는 계기가 되었고, 앞으로 벌어질 일에 관해 이야기해도 의심 없이 받아들일 수 있었다.

직원들은 또한 회사가 많은 양의 식료품을 사드리고 경비 인력이 강화되는 것을 보면서 뭔가를 준비한다는 것을 피부로도 느낄 수 있었다.

"가족들과 함께 먹을 수 있는 일주일 치 식료품을 여러분께 무상으로 나누어드릴 것입니다. 분명히 말씀드리지만 회사의 연락이 가지 않으면 회사로 나오지 마십시오. 물론 회사 기숙사에서 머무는 분들은 제외입니다."

내 말에 직원들의 표정이 밝아졌다.

혹시나 회사에서 나눠주는 식료품을 돈을 주고 구매해야 하는 것이 아닌가 하는 생각을 하고 있었다.

"저 대표님, 5일이 지나면 출근해야 합니까? 그리고 5일 동안은 급료가 제외되는 거지요?"

판매장에서 일하는 직원의 말이었다. 휴가 동안은 돈을 지급하지 않는 것이 관례였다.

도시락이 다른 곳보다 대우가 좋아도 현재 소련의 사정

은 서민들이 먹고살기가 점점 힘들어지는 환경으로 바뀌었다.

"회사에서 연락이 가기 전에는 출근하지 마십시오. 그리고 급료는 모두 지급될 것이니 걱정하지 않으셔도 됩니다. 자! 오늘 근무도 일찍 끝마치겠습니다."

내 말에 다시금 직원들의 표정이 더욱 밝아졌다.

직원들은 회사 직원을 이렇게까지 생각하고 챙기는 대표를 지금껏 만나본 적이 없었다.

직원들은 모두 퇴근하고 남은 사람은 기숙사로 사용하는 5층에 머무는 다섯 명뿐이었다.

그들은 빅토르 최와 함께 입사한 친구들이었다.

도식락 지사 건물에는 모두 4명의 경비 인력이 번갈아가면서 근무하게 되었다. 비상시에는 두 명의 직원을 더 추가할 예정이었다.

스베르 건물과 세레브로 제련 공장은 기존 경비 인력에다 각각 두 명을 더 추가했다.

모두 다 권총으로 무장했고 실제 일이 벌어지면 소총까지 지닌 채 경비를 설 예정이었다.

티토브 정은 내 경호원으로 김만철과 일린은 위급한 상황이 발생할 때 출동할 수 있는 예비 인력으로 두었다.

늦은 밤까지 모든 것을 점검한 후에야 잠자리에 들 수 있었다.

"후! 이틀 후면 이곳이 꽤 시끄러워지겠지."

TV와 신문에서나 보았던 쿠데타 현장을 직접 눈으로 보고 몸으로 체험하게 될 역사의 산증인이 된다고 생각하니 쉽게 잠이 오질 않았다.

이런저런 생각 속에 자정을 넘겨서야 겨우 잠이 들 수 있었다.

얼마나 시간이 지나는지 모르는 상황에서 나는 지축을 울리는 굉음 소리에 잠을 깨고 말았다.

탁자 위에 놓인 자명종 시계가 새벽 5시 30분을 가리키고 있었다.

건물의 창문이 흔들릴 정도의 지축을 울리는 굉음의 정체는 확인하기 위해 나는 창가로 향했다.

밑을 내려다보자 굉음의 정체가 한눈에 들어왔다.

쿠르르르릉!

분명 창문 아래 도로를 질주하는 것은 탱크였다.

열 대의 최신형 T-80 탱크와 스무 대의 BMP-3 장갑차가 열을 지어 지나가고 있었다.

질주하는 탱크와 장갑차가 향하는 곳은 분명 소련연방 정부청사가 있는 크렘린이었다.

"어, 이게 뭐지! 쿠데타는 내일 일어나야 하잖아!"

순간 내 눈을 의심하는 일이 벌어지고 있었다.

지금 눈앞에 보이는 것은 분명 쿠데타가 벌어지고 있는 광경이었다.

문제가 심각했다.

분명 내가 알고 있는 역사와 달라져 버렸다.

1991년 8월 19일에 일어나야 하는 쿠데타가 8월 18일에 일어난 것이다.

Chapter 14

　고르바초프가 휴가차 머무는 크림반도의 흑해에 위치한
포로스 별장에 일단의 고급 승용차가 도착했다.

　이른 아침 시간에 고급 승용차들이 급하게 별장을 찾은
것이 이상했다.

　아직 잠에서 깨어나지 않은 고르바초프를 대통령경호실
장인 블라디미르가 급하게 깨웠다.

　"무슨 일인가?"

　"몇몇 사람이 모스크바에서 내려왔습니다. 국가안보 책
임자인 플레하노프와 공산당 의장인 올레그 셰닌이 일행

중에 끼어 있습니다."

"누가 그들을 불렀나?

고르바초프는 휴가 중이어서 아무도 별장으로 초청하지 않았다.

더구나 별장을 방문하겠다고 통지한 사람도 없었고, 이렇게 이른 시간대에 찾아온 것이 이상했다.

1991년 8월 4일, 고르바초프는 휴일에 크림반도 포로스에 있는 그의 별장으로 갔다.

그는 연방 조약이 체결되는 1991년 8월 20일에 모스크바로 돌아갈 계획이었다.

"아무도 부른 사람이 없습니다. 그들이 갑자기 찾아왔습니다."

고르바초프는 이들을 자신에게 보낸 사람이 누구인지 확인하기 위해 전화기를 들었다.

고르바초프가 머무는 별장에는 일반 전화는 물론 정부와 전략사령부 사이에 비상연락망이 연결되어 있다.

또한 인공위성을 통해 어디와도 연락할 수 있는 모든 통신시설이 완비되어 있었다.

뚜~ 우!

하는 소리와 함께 불통이었다.

고르바초프는 다른 전화기를 들었다.

마찬가지로 불통이었다. 세 번째와 네 번째 전화기도 모두 두절이었다.

결코 일반적인 상황이 아니었다.

고르바초프는 부인인 라이사와 딸과 사위에게 이상한 분위기를 알리며 무슨 일이 일어날 수도 있다는 것을 상기시켰다.

가족들은 불안한 눈으로 고르바초프를 쳐다보았다.

"모두 안심하라고 곧바로 조치할 테니."

그때 다시 블라디미르 경호실장이 방 안으로 들어왔다.

"외곽에 배치된 경비 병력이 교체되고 있습니다. KGB에 속한 병력인 것 같습니다. 해상에도 6척의 함정이 새롭게 나타났습니다."

세바스토폴에 주둔하던 병력이 흑해 별장의 외곽 경비를 맡고 있었다.

"놈들을 부르게"

고르바초프의 말에 경비실장이 밖으로 나갔다.

그리고 3명의 인물이 안으로 들어왔다.

3명의 인물 중 고르바초프가 아는 얼굴은 국가안보 책임자인 프레하노프와 공산당 의장인 올레그 셰닌이었다.

나머지 한 명은 처음 보는 인물이었다.

"안녕하십니까, 각하. 이렇게 이른 시간에 찾아와 죄송합니다."

앞에 선 프레하노프가 고개를 숙여 고르바초프에게 정중히 인사를 건넸다.

"도대체 무슨 일인가?"

"국가적인 재난 상황이 발생했습니다. 켄나디 야나예프 부통령께 모든 권한을 이양하시고 물러나십시오."

구체적인 설명도 없는 일방적인 통보였다.

"이놈들이 무슨 소리를 하는 거야?! 누가 너희를 보냈나?"

고르바초프는 격앙된 채 소리쳤다.

담담한 표정으로 올레그 셰닌이 대답했다.

"국가비상위원회에서 결정한 상황입니다."

처음 들어보는 위원회였다. 소련 정부에는 그러한 위원회가 존재하지 않았다.

"국가비상위원회라니? 최고회의에서 보낸 것이냐?"

소련연방최고회의는 소비에트연방에서 일종의 의회 역할을 했던 기구로 국가권력의 최고기관이자 입법기관이었다.

소련의 최고 권력자들은 대체로 공산당 서기장과 함께 소연방최고회의 간부회의장을 겸임해 두 기구를 모두 장악했다.

"소비에트연방 전역에 포고령이 발표되었습니다. 권력을 이양하시는 것이 각하의 신변은 물론 가족들도 안전할 겁니다."

고르바초프의 물음에 프레하노프는 원하는 대답을 하지 않고 자신의 말만 반복했다.

"쿠데타를 일으켰다는 건가? 절대 성공하지 못해! 세상이 바뀌었어. 무고한 시민 수백만 명이 죽을 수도 있는 일을 벌이자는 건가?"

올레그 셰닌이 단호하게 말을 던졌다.

"이미 주사위는 던져졌습니다. 앞으로 나가든지 아니면 뒤로 물러나든지 해야 하는 상황입니다."

"자! 여기에 서명을 하십시오."

옆에 있던 프레하노프가 모든 권력과 권한을 켄나디 야나예프 부통령에게 넘긴다는 내용이 적힌 서류를 내밀었다.

"절대로 할 수 없어! 신연방조약이 조인되면 식량과 에너지, 그리고 주택문제를 모두 해결할 수 있어. 그리되면 국민의 삶의 질이 더한층 높아질 수 있는 토대가 만들어지네. 자네들도 느껴왔던 것처럼 정치적인 민주화와 경제적인 상황도 발전될 수 있어. 더욱이 소련 국민들은 이런 불법적인 상황을 그냥 지켜만 보고 있지 않을 것이네."

고르바초프는 프레하노프와 올레그 셰닌를 설득하려고 했다.

신연방조약은 20일 오후 4시 고르바초프가 최고회의에서 연설을 끝낸 후 21일 새벽에 서명하기로 되어 있었다.

프레하노프가 진중한 표정으로 말했다.

"각하, 일반 대중들은 아무리 불합리한 시대에도 결국은 이를 악물고 버티며 순응하는 사람들일 뿐입니다. 그들은 서로 쑥덕거리기만 할 뿐, 아무 대책도 세우지 못하는 사람들과 별반 차이가 없는 존재들입니다. 그것이 일반 대중입니다. 시간을 좀 더 드리겠습니다. 저희는 한 시간 후에 다시 오겠습니다."

"소련의 국민들은 달라졌어! 너희가 저지른 국가 반역 행위는 실패하고 말 것이다."

"아직도 모르고 계십니까? 우리가 말하는 국민들은 아무리 역경에 처하거나 억압을 당한다 해도 원한을 갚으려 하지 않습니다. 아무리 열화처럼 화가 나도 배만 부르면 단박에 웃음 짓는 아주 단순한 사람들입니다. 우리는 다시금 배급제를 통해 굶주린 국민의 배를 채워줄 것입니다. 그러면 모든 상황은 예전과 같이 순조롭게 돌아갈 것입니다."

국가를 운영하기 위하여 조직된 관리들은 소련의 대중을 그러한 시각으로 보고 있었다. 그들을 미약한 존재로 보았고 멸시하기까지 했다.

프레하노프와 올레그 셰닌은 말을 마치고 자리에서 일어

났다.

방을 나서며 그와 함께 왔던 인물들에게 뭔가 귓속말을 전하는 모습이었다.

얼마 뒤 블라디미르 대통령경호실장이 다시 들어왔다.

"별장 내 모든 통신망이 끊겼습니다. 모스크바로 연락을 취할 방법이 없습니다."

경호원들의 별도로 가지고 있는 통신시설도 차단되었다.

고르바초프를 경호하던 외각 경비병력이 교체되면서 이제는 그를 감시하는 존재로 바꾸었다.

장갑차까지 동원하여 이중삼중으로 혹해 별장을 포위하고 있는 중무장한 병력은 사백 명이 넘었다.

25명의 고르바초프 경호 인력으로는 도저히 돌파할 수 없는 병력이었다.

별장 내에도 KGB요원 30명이 들어온 상태였다.

블라드미르 경호실장의 말에 고르바초프는 전에 볼 수 없는 깊은 시름에 잠겨갔다.

고르바초프를 고립시키기 위한 작전은 이미 새벽 4시부터 시작되었다.

국가보안위원회(KGB) 요원들이 크림반도에 위치한 대통령의 여름 휴양지 부근 포로스의 빌레크 공항을 폐쇄했다.

현장을 지휘한 장성은 이고르 말체프 방공부대사령관과 아나톨리 데니소프 참모부 작전국장, 그리고 흑해 지역 군사령관인 보이코야신스키 장군이었다.

　공항을 폐쇄한 KGB요원들은 대통령 전용기인 TU134비행기와 M18헬리콥터를 모스크바 브누코보공항으로 이동시켰고 포로스 부근의 흑해에 16대의 군함을 배치한 상태였다.

＊　　　＊　　　＊

　나는 급하게 김만철을 찾았다.

　김만철도 지금의 사태를 이미 파악한 것 같았다.

　"쿠데타가 확실합니다. 문제는 꿈에서 봤던 날짜와 다르다는 것입니다."

　"그게 그리 중요합니까?"

　김만철은 중요한 의미로 보지 않고 그냥 꿈에서 본 날짜로 취급하는 것 같았다.

　그도 그럴 것이 김만철은 지금 역사가 달라졌다는 것을 알지 못했다.

　"매우 중요할 수 있습니다. 제가 꿈에서 본 흐름대로 흘러가지 않을 수도 있으니까요."

"저는 대표님의 말이 무엇을 말하는지 잘 모르겠습니다."

지금 모든 것을 김만철에게 설명할 수 없었다.

"후! 그렇죠. 정 대리님 소련의 정보기관과 끈이 있다고 하셨지요?"

지금의 상황을 파악해서 정리하려면 티토브 정의 도움이 필요했다.

"이야기는 정확하게 하지 않았지만 인연을 맺었던 것은 분명합니다."

"정 대리님에게 지금 모스크바에 진입한 부대를 알아봐 주십시오. 정말 중요한 일입니다."

"알겠습니다."

김만철은 내 표정과 말이 심상치 않음을 보고 서둘러 티토브 정에게 연락을 취하러 나갔다.

실제로 쿠데타가 일어났을 때 모스크바로 진입했던 부대는 모스크바 인근에 주둔하고 있던 타만스카야 기계화 부대와 칸테미로프스카야 전차사단, 그리고 공수부대가 진입했었다.

문제는 이들 부대 외에 역사와 달리 다른 부대가 모스크바로 진입했느냐였다.

진입했다면 얼마나 많은 병력이 동원되었는지를 알아야만 했다.

어쩌면 쿠데타를 일으킨 세력이 동원할 수 있는 병력은 제한적일 수도 있었다.

쿠데타를 일으킨 강경보수파가 동원할 부대는 이러했다.

현재 소련 각지에 배치된 폭동 진압 병력은 약 52만 명으로 추정되고 있었다.

이들은 3백 76만 명의 소련 정규군과는 별도의 병력이다.

52만 명의 폭동 진압 병력 중 대략 23만 명은 KGB에 29만 명은 내무부에 속해 있는 병력이다. 이 밖에 경찰 기능을 맡고 있는 민병대 병력은 별도다.

내무부 보안군은 3년 전부터 카프카스지역 등의 소수 민족 분규에 여러 차례 투입되었다.

보리스 푸고 내무장관이 지난해 12월 취임 이래 보안군의 강화에 힘써왔고 현재 병력이 40만 명에 이르고 있다.

특히 동유럽에 주둔했다가 철수한 소련군 중 군복을 벗게 된 병력 중 상당수가 보안군에 참여하고 있었다.

민병대 중에서 시선을 끄는 조직은 특별임무를 위한 분견대(검은 베레 OMON)로 불리는 정예병들이다.

지난 1월 리투아니아의 수도 빌니우스와 라트비아의 수도 리가에서 시위세력을 진압하는 과정에서 대량학살을 자행한 것도 바로 이 OMON 소속의 병력이다.

이들은 범죄 방지를 주목적으로 하고 있지만 빌니우스와

리가에서 잘 나타난 것처럼 모스크바의 명령을 기다리지 않고 내무부 지휘계통의 판단에 따라 움직이는 일종의 별동조직으로 가장 폭력적인 집단이다.

이들 OMON 소속 병력의 주축은 아프가니스탄에서 철수한 군인들이며 소련의 정규군이나 내무부 소속군에 비해 훨씬 잘 훈련되고 무장이 되어 있으며, 폭동 진압에는 탁월한 능력을 갖춘 조직이다.

만약 이들 부대가 대거 모스크바에 진입했다면 문제가 심각해질 수 있었다.

이들은 정규 붉은 군대와는 성격이 크게 달랐다.

더구나 이들은 상부의 명령이 있을 경우 큰 망설임없이 진압에 나설 전위부대로 봐야 한다.

*   *   *

새벽을 깨우는 굉음으로 모스크바의 시민들은 이른 아침부터 잠에서 깰 수밖에 없었다.

탱크와 장갑차, 그리고 무장한 군인들이 주요 시내에 모습을 드러냈다.

크렘린과 러시아공화국대통령청사, 국방부건물, 타스타통신 및 국영 TV 모스크바 다리와 시내 주요 건물과 요충지

마다 탱크와 장갑차가 빠르게 포진했다.

오전 7시가 되는 시점에 텔레비전과 라디오의 매체들을 통해 국가비상사태위원회의 선언이 방송되기 시작했다.

[국가비상사태위원회는 나라의 운영과 국가 비상사태에 대한 정치제도를 효율적으로 유지하기 위하여 조직되었다. 이 모든 조치는 국민을……]

모스크바의 텔레비전 방송국들과 라디오 방송국들의 정규방송은 모두 중지되었다.

그리고 30분 뒤 다시 긴급방송이 이어졌다.

[고르바초프 대통령은 건강상의 이유로 사임했으며 켄나디 야나예프 부통령이 대통령 직무대행을 맡게 되었다. 이 모든 상황은 국가비상상태위원회의 결정으로……]

방송이 나가는 시간 모스크바 시내에는 150대의 탱크와 200대의 장갑차가 진주하거나 질주하고 있었다.

모스크바 시내에 위치한 방송국들은 국가보안위원회(KGB) 요원들에 의해 모두 장악되었다.

국가보안위원회의 국장 블라디미르 크류츠코프는 고르바초프를 고립시킨 후 국가비상사태위원회는 프스코프의 공장에서 제작한 25만 쌍의 수갑을 모스크바로 보냈다.

또한 위험분자로 분류된 30만 명을 체포하도록 지시했다.

크류츠코프는 사태가 일어나기 전 모든 국가보안위원

회(KGB) 요원의 보수를 두 배로 올렸으며 경계태세를 강화했다.

또한 모스크바 근교의 레포르토보 교도소는 체포된 수감자들을 수용하기 위해 비워두었다.

크류츠코프의 명령을 받은 KGB요원 오십 명과 내무부 소속 분견대(OMON)인 검은 베레가 개혁파의 기수인 보리스 옐친을 체포하기 위해 계획대로 모처에서 출발했다.

만약에 사태를 대비하여 국가보안위원회에 속해 있는 특수부대인 알파부대에는 아직 명령이 떨어지지 않고 대기 중이었다.

보리스 옐친 러시아공화국 대통령을 체포하기 위한 움직임이 역사와 다르게 진행되고 있었다.

*   *   *

카자흐스탄 방문을 마친 보리스 옐친은 이제 막 공항에서 나와 러시아 정부청사로 사용하는 흰색 건물인 벨리돔(화이트 하우스)로 급하게 향하고 있었다.

벨리돔은 모스크바 강에 접하고 있었다.

그곳에는 러시아공화국의 수상인 이반 실라예프와 러시아 최고 소비에트의 임시의장 루슬란 하스불라토프가 옐친을 초조하게 기다리고 있었다.

공항 내에서도 옐친의 경호원들과 공항을 경비하는 내무부 소속 보안요원들과 실랑이가 벌어졌었다.

보안요원들은 옐친을 공항에 묶어두려고 했었다.

"사태가 생각보다 심각한 것 같습니다."

옐친의 비서실장인 세르게이가 이곳저곳에 연락을 취한 후 보고했다.

캐딜락 방탄차량에 앉아 있는 옐친의 표정이 어두웠다.

올해 중순 미국을 방문했을 때에 옐친은 미국의 정보기관으로부터 보수파의 움직임이 심상치 않다는 정보를 전해 들었다.

모스크바의 몇몇 신문에 기고된 글에서도 불안한 정국과 어려운 경제 상황을 바탕으로 쿠데타에 대한 이야기가 흘러나오기도 했었다.

불안한 사태에 대비하는 차원에서 미국의 도움으로 신변 경호를 강화하는 조치를 취했다. 그 하나가 미국이 선물한 캐딜락 방탄차량이었다.

또한 고르바초프 연방대통령의 경호 인력에 맞먹는 인원들이 옐친을 호위하고 있었다.

하지만 이들이 지니고 있는 무기로는 탱크와 장갑차가 동원된 쿠데타군에게서 옐친을 보호하기에는 힘에 부쳤다.

지금 어떻게든 벨리돔으로 향해야만 했다.

벨리돔에는 지금 옐친을 지지하는 시민들이 하나둘 모여들고 있었다.

"최대한 빨리 벨리돔으로 가는 게 우선이야."

옐친의 말에 일곱 대의 차량이 도로를 빠르게 내달렸다.

하지만 도심으로 들어오자마자 도로에는 차들이 멈춰 움직일 생각을 하지 않았다.

"잠시만 기다리십시오."

세르게이가 선두 차량에 탑승한 경호원들에게 지시를 내렸다.

차량이 움직이지 못하는 이유를 알아 보라는 지시였다.

두 명의 사내가 경호 차량에서 내려 앞쪽으로 달려가는 것이 보였다.

그리고 5분 뒤에 옐친이 탄 방탄차량으로 다가왔다.

"앞쪽에 바리케이드가 쳐져 있고, 군인들이 차량을 검문하고 있습니다."

"어디 소속이었나?"

세르게이가 물었다.

"내무부 소속의 보안군이었습니다."

경호원의 말에 세르게이의 표정이 살짝 일그러졌다.

내무부 소속의 보안군은 내무장관 푸고의 영향력 아래에

놓여 있었다.

그는 옐친과 사이가 좋지 않았다.

"알았네."

세르게이의 말에 경호원은 자신의 차량으로 돌아갔다.

"보안군 때문에 아르바트 거리로 우회해야겠습니다."

아르바트 쪽으로 돌아가게 되면 30분 정도 시간이 더 소요되었다.

"그렇게 하게나. 쿠데타가 일어났다면 분명 푸고도 참여했을 테니까."

아직 쿠데타의 주역들이 누구인지 알려지지 않은 상태였다.

TV 방송국과 라디오 방송국을 점령한 쿠데타군 때문에 자세한 정보가 모스크바에 알려지지 않고 있었다.

보리스 옐친을 호위하는 일곱 대의 차가 다시 오른쪽으로 방향을 틀어 움직이기 시작했다.

*　　　　*　　　　*

아르바트의 사무실에 김만철과 티토브 정이 자리했다.

만일의 사태를 대비하여 일린은 스베르 건물에 나가 있었다.

"현재 모스크바 상황이 어떤지 좀 알아보셨습니까?"

나는 상황을 파악하기 위해 바쁘게 움직이던 티토브 정에게 물었다.

그는 쿠데타 이후 모스크바에 진입한 군부대에 대해 집중적으로 알아보고 있었다.

"정확하지 않은 정보들이 난무하고 있습니다. 말씀하신 대로 모스크바에 진입한 부대를 알아보았는데, 타만스카야 기계화 부대와 칸테미로프스카야 전차사단이 진입한 것은 확실합니다. 나머지 부대들은 내무부 소속의 보안부대와 분견대인(MONO) 검은 베레가 움직인 것 같습니다. KGB 측에 소속된 부대는 아직까지 움직임이 없습니다."

다행히 전체적인 부대의 움직임은 역사 속 쿠데타와 크게 달라진 것이 없어 보였다.

"그렇군요. 혹시 옐친 러시아공화국 대통령의 행방은 알 수 없을까요?"

"옐친 대통령은 아마 카자흐스탄 방문하고 모스크바로 돌아오는 중일 것입니다. 어제 국영 TV에서 오전 비행기로 모스크바에 도착한다는 뉴스가 나왔었습니다."

티토브 정의 말에 옛날 기억을 떠올렸다.

쿠데타가 삼일천하로 끝이 났을 때에 한국의 언론들은 연일 소련 쿠데타의 실패 원인과 향후 소련의 미래에 대한 보도를 특집으로 내보냈었다.

그 내용을 보면 쿠데타가 벌어졌을 때의 사흘 동안 매우 숨 가쁘게 이루어졌던 강경보수파와 옐친을 선두로 한 개혁파의 대결에 관한 것 중 언론에 미처 알려지지 않았던 이야기들이 나왔었다.

그 내용 속에 옐친의 행보가 고스란히 담겨 있었었다.

'옐친이 카자흐스탄을 방문한 것은 맞는 것 같은데, 오늘이 돌아오는 날짜였었나. 한데 이전에 보았던 방송에는 쿠데타가 일어났던 날부터 벨리돔에서 시민들과 함께 쿠데타 세력에게 저항한 것으로 본 것 같은데.'

자세한 것은 생각이 나질 않았다. 너무 오래전에 보았던 방송이었다.

실제의 역사에서는 옐친이 17일 날 모스크바로 돌아왔어야만 했다.

역사와 달리 하루가 늦게 모스크바로 돌아온 것이다.

그때였다.

갑자기 건물 밖이 꽤 소란스러웠다.

창가로 다가가 밖을 내다보자 백여 명이 달하는 군인이 바리케이드를 설치하며 회사 건물 앞쪽에 위치한 도로를 봉쇄하고 있었다.

도로 뒤쪽으로는 두 대의 장갑차가 양쪽 차선으로 이동

하여 자리를 잡고 있는 모습도 눈에 들어왔다.

지금 눈에 보이는 군인들은 일반적인 군인의 모습이 아니었다.

마치 특수부대를 연상시키는 복장과 함께 검은 복면으로 얼굴을 가리고 있는 수십 명의 인원도 보였다.

또한 그 옆으로는 일반 사복을 입은 인물들이 소총을 들고는 각 건물로 들어가고 있었다.

"내무부 소속 특수 분견대인 검은 베레와 KGB 소속 요원들입니다."

티토브 정이 손을 들어 양쪽 인물들을 가리키며 말했다.

"아니, 이곳에는 정부 건물도 없는데, 저들이 왜 몰려왔을까요?"

김만철이 고개를 갸우뚱하며 말했다. 나 또한 김만철의 말에 의구심이 들었다.

아르바트 거리에는 쿠데타를 일으킨 세력이 노릴 만한 정부건물이나 전략적 중요거점이 없었다. 그렇다고 정부의 중요인물이 거주하고 있는 거리도 아니었다.

그때 군인 다섯 명이 우리가 있는 건물 안으로 들어오기 위해서 다가오고 있었다.

건물 내에 위치한 판매장에는 철제 셔터가 내려와 잠겨 있었고 건물로 들어오는 입구도 문이 굳게 닫혀 있었다.

군인들은 건물의 문이 잠긴 것을 확인하자마자 문을 세게 두드렸다.

쾅! 쾅!

"저들의 형태를 보아하니 이곳으로 중요인물이 지나가는 것 같습니다. 아마도 그를 체포하려는 것 같습니다."

티토브 정이 건물 안으로 들어가는 보안부대원들을 보며 말했다.

도로를 한눈에 볼 수 있는 건물마다 군인들이 안으로 들어가고 있었다.

"어떻게 할까요? 문을 열어줄까요?"

김만철의 나를 보며 말했다.

1층에는 4명의 경비 인력이 무장한 상태로 건물 경비를 서고 있었다.

"글쎄요, 어떻게 해야 하나."

판단이 잘 서질 않았다.

지금 분위기상 전투가 벌어진다면 건물에 머무는 사람까지 휘말릴 수 있는 상황이었다.

따르릉! 따르릉!

회의실의 전화가 요란하게 울렸다.

1층에서 걸어온 전화 같았다.

나는 수화기를 들었다.

"여보세요?"

―내무부 소속 보안요원들이 문을 열어달라고 합니다. 어떻게 할까요?

아니나 다를까 1층에서 경비를 보고 있는 이고리의 전화였다.

"무슨 이유인지 물어봤습니까?"

―기밀상황이라 말해줄 수 없다고 합니다. 빨리 열지 않으면 강제로 문을 개방하겠다고 합니다.

"알겠습니다, 제가 내려가겠습니다. 잠시 기다리라고 하세요."

딸각!

나는 수화기를 내려놓고 밑으로 내려가 직접 상황을 파악하기로 했다.

"같이 가시죠."

김만철과 티토브 정이 나와 함께 1층으로 내려가기 위해 회의실 문을 나서는 순간이었다.

타당! 타당!

투타타타탕!

갑자기 요란한 총소리가 들려오기 시작했다.

거리는 순식간에 아수라장으로 변했다.

쿠데타 때문에 많은 사람이 오가지는 않았지만 아르바트

거리 자체가 사람들이 몰리는 곳이었다.

사람들이 내지르는 비명이 메아리처럼 연속적으로 들려왔다.

우리는 황급하게 창가로 다가섰다.

아래에서는 내무부 보안대와 총격을 벌이는 인물들이 보였다.

내무부 소속 보안대와 KGB 요원들과 전투를 벌이는 인물들은 모두 깔끔한 양복 차림이었다.

뭔가 이상하다는 생각에 양복 차림의 인물들이 엄폐물로 삼고 있는 차량 뒤쪽을 보았다.

그곳에는 커다란 캐딜락 차량이 보였고 차에는 러시아공화국 국기가 걸려 있었다.

미국에서 보리스 옐친에게 선물한 방탄 캐딜락이었다.

그제야 검은 베레와 KGB 요원들이 기다리고 있던 인물이 누구인지 알 수 있었다.

그는 바로 보리스 옐친이었다.

우리가 있는 건물로 들어오려고 했던 보안대원들은 총격전이 벌어지자 엄폐물을 찾아 다른 곳으로 향했다.

"차량에 탑승하고 있는 인물은 보리스 옐친이 분명합니다."

티토브 정이 러시아공화국의 국기가 달린 캐딜락을 보며

말했다.

갑자기 벌어진 총격전으로 옐친은 방탄차량에서 내리지 못하고 있었다.

"옐친이 왜 이곳으로 왔을까요?"

"아마도 자신의 집무실과 러시아공화국의회가 있는 벨리돔으로 향하려고 했던 것 같습니다. 공항에서 벨리돔으로 향하는 도로들이 모두 봉쇄된 것이 분명합니다."

티토브 정은 모스크바의 거리를 잘 알고 있었다. 그의 설명에 지금 상황이 이해가 되었다.

보리스 옐친이 역사대로 벨리돔에서 소련 국민들과 함께 쿠데타 세력에게 저항하려는 것이었다.

타타타탕!

타타탕!

총격전은 더욱 심해졌다.

옐친을 경호하고 있는 경호 인력도 삼십 명에 가까워 쉽게 끝날 총격전이 아니었다.

'역사가 바뀌었구나. 만약 옐친이 이곳에서 쿠데타 세력에게 체포되거나 사망한다면 역사는 완전히 다른 방향으로 흘러가겠지… 그리되면 많은 것이 바뀌게 된다.'

머릿속이 복잡해졌다.

만약 강경보수파가 일으킨 쿠데타가 성공한다면 이전의

공산국가인 소련으로 회귀하거나 자칫 내전에 돌입할 수도 있었다.

실제로 쿠데타가 일어난 기간 동안 소련의 공화국들은 쿠데타 세력과 옐친을 지지하는 공화국으로 서로 나누어졌었다.

만약 최악의 시나리오로 진행된다면 소련에서 벌이고 모든 사업이 계획대로 진행할 수 없게 되는 것뿐만 아니라 나는 한국으로 돌아갈 수밖에 없었다.

더구나 세계는 또다시 공산주의와 자유주의의가 대립하는 신냉전체제로 돌아갈 수도 있었다.

아니면 소련 내전이 확대되어 3차 세계전이라는 끔찍한 소용돌이 속으로 전 세계가 빠져들게 될지도 모른다.

짧은 순간 수많은 생각이 내 머릿속에서 떠올려졌다가 사라졌다.

이전보다 좋아진 머리는 머릿속에서 떠오른 시나리오들의 결말을 빠르게 정리하며 결론을 내렸다.

한마디로 옐친이 사라지면 나를 비롯하여 소련의 국민들은 물론 전 세계가 불행 속으로 빠져들게 된다는 것이다.

지금 무슨 수를 쓰더라도 옐친을 원래의 목적지이자 역사의 현장이었던 벨리돔으로 보내야만 했다.

"옐친을 반드시 구해야 합니다."

"예? 지금 무슨 말씀을 하시는 것입니까? 잘못하면 우리 모두 목숨을 잃을 수 있습니다."

김만철은 나의 말에 놀라는 표정을 지으며 말했다.

"옐친을 구하지 못하면 회사는 문을 닫는 것은 물론 저 또한 한국으로 돌아가야 할 상황이 발생할 수도 있습니다."

"대표님, 지금 밖에 상황은 애들 장난이 아닙니다. 아니, 마피아와 벌어졌던 총격전과는 비교도 할 수 없는 위험한 상황이란 말입니다."

김만철은 나에게 다시금 밖에 상황을 설명했다.

"저도 압니다. 하지만 옐친을 지금 구하지 않으면 소련 국민들은 더 큰 고통 속으로 빠져들거나, 자칫 내전이 일어 날 수도 있습니다."

"지금 말씀하신 것도 꿈에서 보았던 것입니까?"

티토브 정이 나를 바라보며 물었다.

나는 주저함이 없이 말했다.

"예, 분명 소련에 내전이 일어날 것입니다."

"알겠습니다, 한번 해보도록 하죠."

티토브 정은 내 말을 믿는지 결심을 굳힌 것 같았다.

"허! 지금 상황은 달걀로 바위 치기라고. 전혀 성공할 수 없는 일이야."

김만철은 티토브 정을 보며 말했다.

고작 몇 명으로는 장갑차와 백여 명에 달하는 전투원을 상대할 수 없었다.

"달걀이라도 던져 보자고요. 내전이 벌어지면 아이들이 불행해집니다."

티토브 정의 말에 김만철은 한 말을 잃은 듯 그를 바라보기만 했다.

"아! 정말 썅! 좀 오래오래 살아보려고 마음먹었는데. 대표님은 절대 나서지 마시라요."

김만철 특유의 말투가 나왔다.

두 사람은 나를 배제한 채, 1층에 있는 4명의 경비 인력과 함께 옐친을 구하기 위한 작전을 짰다.

또한 스베르에 있는 일린에게 연락을 취해 옐친을 도울 수 있는 구원 병력을 알아보라고 했다. 일린은 옐친의 열렬한 지지자였다.

지금 소련의 운명이 달라질 수 있는 일이 바로 눈앞에서 벌어지고 있었다.

『변혁 1990』 9권에 계속…

전혁 新무협 판타지 소설
FANTASTIC ORIENTAL HEROES

왕후장상

『월풍』, 『신궁전설』의 작가 전혁이 전하는
유쾌, 상쾌, 통쾌 스토리, 『왕후장상』!

문서 위조계의 기린아 기무결.
사기 쳐서 잘 먹고 잘살던 그에게 날벼락이 떨어졌다.
바로 녹슨 칼에서 나온 오천만 냥짜리 보물지도!

기무결에게 내려진 숙제,
오천만 냥을 찾아라!

그러나 꼬인 행보 끝 도착한 곳은 동창의 감옥이었으니……

"으아악! 이게 뭐야!! 무림맹이 왜 여기 있는 거야!"

천하제일거부를 향한 기무결의
끝없는 도전이 시작된다!

Book Publishing CHUNGEORAM

용마검전
FANTASY FRONTIER SPIRIT
김재한 판타지 장편 소설

「폭염의 용제」, 「성운을 먹는 자」의 작가 김재한!
또다시 새로운 신화를 완성하다!

『용마검전』

사악한 용마족의 왕 아테인을 쓰러뜨리고
용마전쟁을 끝낸 용사 아젤!

그러나 그 대가로 받은 것은 죽음에 이르는 저주.
아젤은 저주를 풀기 위해 기나긴 잠에 빠져든다.

그로부터 220년 후……

긴 잠에서 깨어난 아젤이 본 것은
인간과 용마족이 더불어 살아가는 새로운 세상이었다.

Book Publishing CHUNGEORAM

류윤이 아닌 자유추구 -
WWW.chungeoram.com

허담 新무협 판타지 소설

검은별

하늘아래 모든 곳에 있고,
결코 사라지지 않는다.

세상은 그들을 멸시하지만,
세상의 모든 야망가가 은밀히 거래한다.

선과 악이 어우러지고,
어둠과 밝음이 서로를 의지하듯
세상의 빛 그 아래 존재하는 자들.

무수한 별이 빛을 잃어 어둠을 먹고사는
검은 별이 되어 살아가는,
그리하여 세상 모든 사람이 두려워하는…

그들은 유령문이다!

Book Publishing CHUNGEORAM

유행이 아닌 자유추구 -
WWW.chungeoram.com

연재 사이트 베스트 1위!
어디에서도 볼 수 없었던 천재 의사가 온다!

『메디컬 환생』

언제나 실패만 거듭해 온 의사 진현,
그런 그에게 찾아온 인연의 끈이 있었으니.

"다시 삶을 살면… 어떤 삶을 살고 싶으신가요?"

다시 한 번 주어진 인생
이번엔 반드시 성공하리라!